Die Autorin Irene Hülsermann

 „Meine Eltern kommen aus dem schönen Oberfranken, ich bin 1960 im Allgäu geboren, in Oberbayern aufgewachsen und lebe nun mit meiner Familie in Bayrisch Schwaben."

Nach ihrer Ausbildung zur Erzieherin, arbeitete sie in einer Boutique in München. Im Anschluss an ihre Rückkehr aus Rom, wo sie zwei Jahre lebte, war sie in einem Büro einer Computerfirma und in einem Autohaus angestellt. In Donauwörth machte sie ihr Hobby zum Beruf und unterrichtete zwanzig Jahre Italienisch.

Ihr erstes Kurzgeschichtenbuch „Sehnsucht nach Rom und Heimweh nach Bayern." wurde 2014 veröffentlicht. Im Jahr 2017 folgte dann ihr Roman „Reise Ihres Lebens", beide Bücher spielen in Italien. „Glück sieht jeder anders" eine weitere Sammlung von Kurzgeschichten, erschien 2018.

Mittlerweile widmet sie sich auch beruflich dem Schreiben: Sie verfasst Artikel für den Kulturteil der Donauwörther Zeitung (Augsburger Allgemeine) sowie diverse andere Magazine.

„Ich bin verheiratet, wir haben einen Sohn und eine Tochter. Unser Kater Jack ergänzt die Familie."

https://huelsermann.wixsite.com/irenehuelsermann

Die Geschichten sind aus dem Leben gegriffen. Die Eine ist nach wahrer Begebenheit, die Andere erfunden. Darum - Ähnlichkeiten mit Lebenden sind rein zufällig oder aber genehmigt.

Wenn's anders wäre

short stories zum Lachen, Lächeln, Schmunzeln

Bibliografische Information der Deutschen Nationalbibliothek:
Die Deutsche Nationalbibliothek verzeichnet diese Publikation in der Deutschen Nationalbibliografie; detaillierte bibliografische Daten sind im Internet über http://dnb.dnb.de abrufbar

1. Auflage 2020

Herstellung und Verlag:
BoD - Books on Demand, Norderstedt

Umschlaggestaltung:
© ShellFellow ArtWorks, Germany

ISBN 978-3-751-98374-7

Danke …

… an meine Familie, die pausenlos hinter mir steht und mir zeigt, dass es sich lohnt weiter zu schreiben.

… an die Freunde und Leseverrückten, die mir gesagt oder geschrieben haben, dass ihnen meine Bücher sehr gut gefallen. Sie sind der Antrieb meines Schaffens.

… an meine Lektoren Jörg, Chiara und Dani, ohne die meine Bücher nur halb so gut wären.

Ein Musiker muss her

Ich liebe die Geschichte, die mir meine Eltern immer erzählten. Die Geschichte wie sie sich kennengelernt haben.

Nach dem Krieg und der darauf folgenden Kriegsgefangenschaft in Italien, mein Vater wurde mit 16 Jahren eingezogen, verdiente er sich seinen Lebensunterhalt mit dem, was er gut vermochte: singen und musizieren. Er gründete eine Musikkapelle, man würde heute „Boy Group" dazu sagen. Allerdings waren es in diesem Fall sieben gestandene Männer und sie nannten sich „Pik 7". An den Wochenenden spielten sie unter anderem zum Tanztee in den Ortschaften der näheren Umgebung.

Mein Vater, ein charmanter Mann mit blonden Haaren und blitzblauen Augen, beeindruckte mit seiner hervorragenden Stimme vor allem die weiblichen Gäste und Zuhörer.

Ich glaube, ein Kostverächter war mein Vater nicht. Aber dann sah er meine Mutter und war sofort von dieser bezaubernden Frau fasziniert.

Bei der nächsten sich bietenden Gelegenheit forderte er sie also zum Tanz auf und spürte, dass auch sie nicht ganz abgeneigt war. Doch ihm kamen Zweifel, denn etwas später, als er sie wieder aufgefordert hatte, war sie anders: distanziert und kühl. Er war verwirrt. Vermochte er doch nicht zu ahnen, dass seine zukünftige Ehefrau ihn an der Nase herumführte.

Meine Mutter hatte einen Zwilling, ein eineiiger noch dazu, und ihre mutigere und kessere Schwester hatte sie überredet, immer abwechselnd mit dem neuen Verehrer zu tanzen. Irgendwann, im Verlaufe des Abends, beichtete meine Mutter ihm das allerdings. Mein Vater schaute zunächst irritiert, fing dann jedoch schallend an zu lachen. Als ihm vor lauter Gelächter die Tränen herunter liefen, presste er mühsam hervor: „Nur gut, dass ich mich gleich in die Richtige verliebt habe!"

So fing ihre Liebesgeschichte an und ich wollte genauso eine erleben. Ich bildete mir ein: Ein Musiker muss es sein! Nur mit einem Musiker - denn schon mein Großvater war Kapellmeister und glücklich verheiratet gewesen - würde mein Traum von einer großen, ungewöhnlichen Familie in Erfüllung gehen.

Es verging die Zeit und eines Tages sah ich in einem Video einen sensationellen Sänger einer Band, die bisher nicht allzu berühmt war. Ich las alles über ihn und irgendwann war ich davon überzeugt: Das ist der Vater meiner zukünftigen Kinder! Denn sein markantes Gesicht und die sinnlichen Augen hatten mein Herz erobert. Ich ging auf jedes Konzert und folgte ihm quer durch den Landkreis. Ich suchte seine Nähe und eines Tages schaffte ich es in den Backstagebereich. Es gelang mir sogar, ihn auf mich aufmerksam zu machen. Zu guter Letzt hatte ich dann tatsächlich die ersehnte Liebesbeziehung zu diesem Musiker. Doch das Glück währte nicht lange, denn er machte mir schnell klar, dass er in jeder Stadt eine Andere hätte.

Nun gut! Ich beschloss, etwas Sittsameres zu suchen, und schaute mich im Blasmusikverein meiner Stadt um. Da gab es schließlich sehr begehrenswerte Objekte. Nach einigen Besuchen bei diversen Veranstaltungen hatte ich mir ein extra eindrucksvolles Exemplar ausgesucht: ein stattlicher Mann mit kräftigen Armen und festen Wadeln. Ich wickelte ihn sogleich um den Finger. Aber leider hatte das Objekt meiner Begierde weitere intensive Hobbys, die kaum Zeit für mich und die Familienplanung zuließen. Er spielte nicht nur Trompete, sondern zusätzlich Fußball und rettete ganz nebenbei noch zahlreiche Leben bei der freiwilligen Feuerwehr.

Gefrustet tanzte ich mir, buchstäblich jedes Wochenende, in der Disco meinen Kummer weg, als ich ihn plötzlich sah: ein Bild von einem Mann, groß und schlank, supertolle Locken und sinnliche Lippen. Ich war mir sicher: Das ist der Richtige! Er war DJ und als er eine Zigarettenpause einlegte, folgte ich ihm unauffällig. Ich schnorrte eine Zigarette von ihm, obwohl ich Nichtraucherin bin. Peinlicherweise hatte ich gleich beim ersten Zug einen Hustenanfall. Aber er ließ sich nicht irritieren und wir unterhielten uns ausgesprochen gut.

Tja, was soll ich sagen, wir wurden ein Liebespaar und er zog bereits nach zwei Tagen bei mir ein. Aber schon nach wenigen Monaten warf ich ihn wieder hinaus. Was sollte ich mit einem Mann, der von Freitag bis Sonntag, wenn ich frei hatte, erst um fünf Uhr in der früh heimkam und dann den ganzen Tag durchschlief. War außerdem nicht förderlich für die Familienplanung.

Ich beschloss, keinen einzigen Mann mehr in mein Leben zu lassen und erst einmal Urlaub zu machen. Spontan buchte ich eine Reise ans Meer. Am Urlaubsort angekommen, traf ich in der kleinen Bar am Strand auf einen total sympathischen Mann. Aber dieses Mal blieb ich hart! Keine Liebesbeziehung mehr - vorerst wenigstens. Doch wenn er mich anlächelte, ich seine Grübchen sah und in die grüngesprenkelten Augen blickte, musste ich mich schon mächtig zusammenreißen. Ich hatte jedoch nicht mit seiner Hartnäckigkeit gerechnet. Als er mir erzählte, dass er Bankkaufmann sei, fiel mir ein Stein vom Herzen. Puh, kein Musiker, Gott-sei-Dank. Was soll ich sagen, als ich abflog war ich nicht mehr allein und wir zogen bald zusammen. Wir träumten von einer gemeinsamen Zukunft und von Kindern.

Alles schien perfekt. Doch dann sagte er eines Abends zu mir: „Ich muss dir etwas gestehen: Ich habe einen Traum! Seit meiner Kindheit spiele ich Gitarre und singe." Ich hielt den Atem an und sagte kein Wort, als er fortfuhr: „Mein Wunsch ist es Musik zu machen, zu komponieren und vor allem auf Konzerten zu spielen."

Urlaub auf Abwegen

Reisen ist eine große Leidenschaft von mir. Ich habe vier Erdteile, 33 Länder, ganz Italien und fast ganz Deutschland bereist. Ein Leben ohne Reisen ist für mich nicht vorstellbar!

Bis zu jenem Tag!

Meine Freundin Angelika hatte die Idee eine gemeinsame Woche in Italien zu verbringen. Nur wir zwei. *La Dolce Vita* genießen. Sie war gerade frisch geschieden und wollte nun mal raus. Als ich sagte, dass das zwar toll klänge, ich aber beruflich sehr eingespannt wäre, erwiderte Angelika: „Du brauchst dich um nichts kümmern. Nimm dir eine Woche frei. Den Rest erledige ich. Wir fahren mit meinem Auto und teilen den Urlaub einfach durch zwei. Du wirst sehen, das wird großartig."

Ich kannte Angelika sehr gut: Sie war immer sofort Feuer und Flamme, ihre Begeisterungsfähigkeit war ansteckend. Aber leider war die Umsetzung ihrer Ideen oft nicht besonders gut.

Warum ich mich dann doch auf dieses Abenteuer einließ? Ich weiß es nicht.

Am Samstag sollte es um halb neun losgehen. Wie schon gesagt: Ich kenne sie schon lange. Wenn Angelika halb neun sagt, kommt sie tatsächlich frühestens um neun Uhr.

Ich bin kein Frühaufsteher, aber vor Reisen stehe ich zeitig auf. Ich möchte in Ruhe alles fertig vorbereiten und die Wohnung nicht in totalem Chaos zurücklassen. Man weiß ja nie.

Um halb acht klingelte dann plötzlich mein Handy. Angelika war dran und ich befürchtete schon, dass sie erkrankt sei. Mitnichten!

„Rita mein Engel, wir haben eine Planänderung!"

Mir schwante Böses!

„Du weißt ja, dass mein Ex die drei Jungs für eine Woche übernehmen soll. Nun ist es leider so, dass er nicht nach Donauwörth kommen kann. Er ist in Rosenheim beruflich eingebunden. Da kam mir die Idee, wir oder besser gesagt, ich setze die Jungs auf dem Weg nach Rosenheim ab."

„Äh … o.k. … und ich?", stotterte ich.

„Du fährst schlicht und einfach mit dem Zug bis Rosenheim und da lade ich dich dann ein. Ich habe schon nachgeschaut, um viertel nach acht fährt ein Zug. Den bekommst du locker. Ich komme hier ja sowieso nicht sofort weg. Bis die Jungs fertig sind, wird es leicht neun. Also kein Problem, wenn ich dich dann am Bahnhof in Rosenheim abhole. Notfalls trinkst du dann halt noch 'nen Cappuccino."

Ich war sprachlos. Das konnte doch jetzt nicht wahr sein, oder?

„Den Zug um Viertel neun Uhr bekomme ich garantiert nicht. Ich muss den Koffer umpacken, denn ich muss die Schuhe und den

Kosmetikbeutel und die Brotzeit jetzt irgendwie noch hinein bekommen. Dann muss ich mich noch um ein Zugticket kümmern und um eine Fahrgelegenheit zum Bahnhof. Und überhaupt: Was kostet denn das Ticket?"

In meiner Naivität glaubte ich, dass Angelika merkte, wie wenig mich ihre Pläne überzeugten. Da hatte ich aber nicht mit ihrer fehlenden Sensibilität gerechnet.

„Na, dann nimmst du halt einen Zug später und die Hinfahrt im Auto bezahle ich. Dann wird das schon mit dem Ticket zusätzlich gehen." Sie hatte einen ärgerlichen Unterton in der Stimme, welchen sie immer bekam, wenn nicht alles so lief, wie sie es sich vorstellte.

Ich zögerte: Sollte ich die Reise absagen?

Angelika bemerkte mein kurzes Zögern: „Ach Ritalein, denk doch an die herrlichen Tage, die vor uns liegen. Und wenn wir erst in *Bella Italia* sind! Ich lade dich auch zu einem Cocktail ein."

Typisch Angelika! Sie meinte, mit ihrer zuckersüßen Stimme bekommt sie alle rum. Das Dumme war, sie schaffte es tatsächlich meistens. Zumindest bei mir. Schon im Kindergarten hat sie mich so rum bekommen. Ich seufzte: „Also gut. Ich mache es!"

„Du bist die Beste", säuselte Angelika ins Telefon.

In dieser Sekunde ging der Stress für mich jedoch erst los. Koffer umpacken, Nachbarinnen anrufen um nach einer Fahrgelegenheit zu fragen, Zugticket kaufen. Zu jenem Zeitpunkt hätte ich schon merken müssen, dass der Trip wahrscheinlich eine saublöde Idee war. Keine meiner Nachbarn war zu Hause und so musste ich ein teures Taxi bestellen.

Das Taxi kam mit Verspätung, die Westspange war verstopft und als ich endlich am Bahnhof ankam, fuhr mir der Zug dann noch vor der Nase davon. Mist! Damit war mein Anschlusszug in München ebenfalls weg. Der nächste Zug fuhr erst um zwanzig Minuten nach neun. Ergo: eine halbe Stunde warten.

Um die Zeit zu überbrücken, kaufte ich mir einen Cappuccino. Pfui Deiwel! Was war das? Die Milch war sauer. Die Verkäuferin glaubte mir das zuerst aber nicht und wir diskutierten vor den anderen Zuggästen, bis sie sich dazu bequemte das Getränk selbst zu probieren. Eine Entschuldigung bekam ich nicht und als ich sagte, dass ich mein Geld zurückhaben möchte und kein Ersatzgetränk, schrie sie mich an: „Soweit kommt's noch! Entweder einen neuen Cappuccino oder gar nichts. Und entscheiden sie sich schnell. Hab' ja noch was anderes zu tun." Ich nahm schließlich den neuen Becher und schenkte ihn dem Obdachlosen vor der Tür. Mir war die Lust auf das Getränk vergangen.

Etwas später kam dann endlich mein Zug. Zu meinem Unglück war es eine Bummelbahn, die in jedem Kaff anhielt. Nach einer gefühlten Ewigkeit kam ich in München an. Wen wundert's? Natürlich mit Verspätung! Ich rannte zum Gleis meines Anschlusszuges, welches sich erwartungsgemäß am anderen Ende des Bahnhofes befand.

Weil mir ein Kind vor die Füße lief, stolperte ich und prellte mir zu meinem Unglück noch einen Knöchel. Humpelnd erreichte ich mit Ach und Krach den total überfüllten Zug und fand logischerweise keinen Sitzplatz, da ich ja ursprünglich einen Zug vorher nehmen wollte.

Ich stand wie eingepfercht auf dem Gang, hielt meinen Koffer und die Tasche eng an mich und wartete, dass der Zug endlich abfuhr. Er fuhr aber nicht ab und umso länger wir verharrten, desto mehr Menschen drängten sich in den Zug.

Mit sage und schreibe einer knappen Stunde Verspätung fuhren wir endlich los. Es war kurz vor Mittag und ich versuchte, Angelika telefonisch zu erreichen um ihr mitzuteilen, dass es etwas später werden würde. Wie zu erwarten, war sie nicht sehr erfreut.

Schon jetzt war die Luft stickig und unangenehm wegen der vielen Menschen und zusätzlich, weil ein ekelerregender Schweißgeruch in der Luft lag. Zum Glück fuhr der Zug nur bis Holzkirchen. Leider hatte ich mich zu früh gefreut.

In Holzkirchen standen wir ewig am Gleis und wurden vertröstet, dass der Anschlusszug 5, dann 10, dann 30 Minuten später käme. Ich traute mich fast nicht, Angelika erneut anzurufen. Sie nahm es dieses Mal überraschenderweise locker. Der Zug kam nicht und wir Fahrgäste wurden ungeduldig. Langsam bekam ich Hunger. Gut, dass ich eine Brotzeit eingepackt hatte.

Nach einer gefühlten Ewigkeit kam die Durchsage: „Liebe Fahrgäste, leider fährt der Zug wegen eines Personenschadens nicht nach Rosenheim. Beachten sie bitte die weiteren Informationen."

Ich war den Tränen nah und überlegte, ob ich umkehren sollte. Aber so kurz vor dem Ziel? Ich rief Angelika erneut an.

„Das gibt es doch nicht! Jetzt muss ich bis nach Holzkirchen zurückfahren und dich holen! Dann wird es sauspät bis wir im Hotel ankommen."

In ihrer Stimme war ein Vorwurf nicht zu überhören. Als ob ich die Schuld an dem ganzen Schlamassel hätte.

Als sie aber um die Ecke fuhr, lachte sie schon wieder herzlich. Letztendlich ging es nach Italien. Mit jedem Kilometer hob sich die Stimmung, selbst bei mir.

Die nächste Überraschung kam am Brenner. Angelika sagte an der Mautstation: „Gib mir mal bitte deine Karte."

„Ich dachte, die Hinfahrt bezahlst du, weil ich ja die Bahnfahrkarte und das Taxi zahlen musste. Das waren fast 60 Euro!", protestierte ich.

„Ja denkst du denn, ich zahl alles? Das Benzin auf der Hinfahrt geht auf mich, die Maut teilen wir uns."

„Aber…", weiter kam ich nicht. Ihr Blick hätte Tote zum Leben erweckt. Ich seufzte und verfluchte innerlich den Tag, an dem ich mich von ihr hatte überreden lassen diese Reise anzutreten.

An der Grenze sang Angelika lauthals zu den italienischen Liedern, die aus den Lautsprechern ihres Wagens erschallten. Sie hatte extra für die Reise sämtliche italienische Lieblingssongs auf ihr Smartphone gezogen.

Meine Laune war jedoch immer noch knapp über dem Gefrierpunkt!

Kurz hinter dem Brenner wagte ich eine Bitte auszusprechen: „Angelika, können wir mal eine Pause machen? Ich muss dringend auf die Toilette!"

Sie seufzte hörbar und meckerte: „Mann, wir sind doch sowieso schon so spät dran. Kannst du das nicht noch ein bisschen hinausschieben?"

„Nein, ich befürchte nicht!"

„Na gut, den nächsten *Autogrill* nehmen wir. Dann ruf ich gleich in dem Hotel an und sage Bescheid, dass wir uns verspäten."

Als ich von der Toilette zurückkam, erwartete mich Angelika mit den Worten: „Stell dir vor, wie doof die in dem Hotel sind."

Ich ahnte Schreckliches.

„Die haben das Zimmer nicht reserviert. Angeblich war es meine Schuld, ich hätte die Anfrage nicht bestätigt. Die sind voll die Anfänger!"

„Und jetzt?", fragte ich erschrocken.

„Keine Panik, die hatten zwar kein freies Zimmer mehr, angeblich ist schon alles voll - im Mai. Ich sag ja, die spinnen", sie lachte laut, „aber wir finden was. Da habe ich null Angst."

„Ja, aber es muss ja gleichermaßen bezahlbar sein. Ich habe mein Limit schon längst erreicht", erwiderte ich.

„Was du immer hast. Wir haben Urlaub, wir sind frei, vogelfrei! Was kostet die Welt?" Angelika war nicht zu bremsen. Jetzt wo sie wieder Single und mit ihren 39 Jahren ausgesprochen hübsch war, glaubte sie, sie müsse alles nachholen, was sie bisher vermeintlich verpasst hatte. Auch wegen der drei Kinder. Die schlanke Frau mit den kastanienroten gelockten Haaren zog schon immer die Blicke der Männer auf sich. Ich dagegen war 37 und sicher nicht unattraktiv, aber diese gewisse Wirkung auf das andere Geschlecht hatte ich definitiv nicht.

„Los, lass uns schnell einen Cappuccino trinken und dann fahren wir weiter", gutgelaunt, als wäre alles in bester Ordnung, zog mich Angelika zum *Autogrill*.

Etwas widerwillig folgte ich ihr. Als sie dann mit jedem Italiener aufs fürchterlichste flirtete, ganz egal, ob dieser alleine oder in Begleitung war, platzte mir der Kragen.

„Angelika, ich habe mich umentschieden!"

Sie starrte mich an, so als ob sie mich das allererste Mal in ihrem Leben sah.

Ich nahm allen Mut zusammen und erklärte: „Ich werde nicht weiter mit dir fahren. Ich kehre um. Mir reicht es. Das heute war definitiv zu viel für mich."

Erst wollte Angelika etwas erwidern, aber dann sah sie meinen entschlossenen Blick und schwieg.

Nach einer Weile fragte sie kleinlaut: „Und wie fährst du heim?"

„Ich schau, dass ich irgendwie an den nächsten Bahnhof komme und fahre dann zurück."

Schulterzucken und ein zuckender Mund-winkel, dann hatte sich Angelika wieder im Griff: „Na dann, mach's gut! Reisende soll man bekanntlich nicht aufhalten. Tschüssle!" Und mit diesen Worten holte sie mein Gepäck aus dem Kofferraum, stieg in den Wagen und fuhr mit quietschenden Reifen davon.

Der Heimweg war zwar kein Honig-schlecken, aber mit jedem Kilometer Richtung Heimat stieg meine Laune wieder. Zu Hause angekommen fiel ich wie ein Sack ins Bett und schlief sage und schreibe zwölf Stunden durch.

Am nächsten Tag nahm ich eines meiner neuen Bücher, bereitete mir einen leckeren Cappuccino in XXL zu, stellte eine Schale mit Nüssen und eine mit Schokolade auf das Tablett und setzte mich in meinen Lieblings-sessel, der mit vielen weichen Kissen aus-gelegt war. Als mir die Sonne ins Gesicht schien, wusste ich: Hier in Balkonien würde ich eine phantastische Zeit erleben.

Der Morgen, der alles veränderte

Immer schon hatte ich festgestellt: „Im nächsten Leben bin ich ein Mann!" Wusste ich doch nicht, dass dieser so dahin gesagte Satz eines Tages Realität werden würde.

Aber von Anfang an: Als ich heute Morgen aufwachte, spürte ich sofort, dass etwas anders war. Da fehlte irgendetwas.

Ich erschrak fürchterlich: Meine Brüste waren nicht mehr da!

Ich tastete nach ihnen und dachte dabei angestrengt nach: „Hatte ich eine OP, an die ich mich nicht mehr erinnerte?" Aber ich sah keine verdächtigen Narben auf meinem Oberkörper.

Ich schlug die Decke zurück und sprang aus dem Bett.

Vor dem Spiegel fielen mir fast die Augen aus dem Kopf. Mein Spiegelbild zeigte mir - unfassbar - einen Mann im besten Alter!

Ich trat zurück, rieb mir die Augen, setzte meine Brille auf und was sah ich? Einen, ich muss zugeben, attraktiven Mann! Verwundert hockte ich mich aufs Bett.

„Irene, du musst nachdenken", sagte ich halblaut zu mir.

„Da stimmt etwas nicht. Alkohol hatte ich gestern Abend nicht getrunken. Vielleicht träume ich noch?", und bei diesem Gedanken zwickte ich mir in den Arm: „Aua!", rief ich laut.

Somit war auch das eine Fehlanzeige.

„Ich mach' mir erstmal einen doppelten Espresso, dann fällt mir gewiss ein, was gestern Nacht passiert ist."

Nach zwei doppelten Espressi war ich allerdings immer noch nicht schlauer.

„So, jetzt ist es passiert", dachte ich mir. „Irgendetwas oder irgendjemand hat deinen dummen Wunsch erfüllt und nun musst du schauen, wie du damit klar kommst."

Erstmal wollte ich mich mit meinem neuen Körper anfreunden und ging ins Bad. Zu meinem Spiegelbild murmelte ich: „Schade, das tolle neue Kleid, welches ich gestern gekauft habe, werde ich erst einmal nicht anziehen können." So schlüpfte ich in Jeans und T-Shirt. Die Hose war am Bund zu weit, kein Wunder mein Bäuchlein war verschwunden, dafür war mein Beinkleid zu kurz. Oh, endlich ein Gardemaß!

„Juhu, ich bin kein Zwergerl mehr!", rief ich mit großer Begeisterung. Mit dem T-Shirt hatte ich mehr Glück, was vorne wegfiel, war nun an den Schultern mehr geworden.

Trotz allem, ein erneuter Blick in den Spiegel. Gar nicht mal so übel, was mir da so entgegen schaute.

„Könnte mich glatt in mich selber verlieben", grinste ich mein Spiegelbild an.

Ich setzte mich in den Garten und überlegte mir, wie ich meiner Familie und den Freunden erklären sollte, was passiert war.

Mein Mann käme erst am Wochenende heim, meine Tochter ist mit der Schule für ein paar Tage verreist. Arbeitskollegen hatte ich nicht, ich arbeite freiberuflich zu Hause. Deshalb blieben mir genau vier Tage, um mein Leben und diese ungeheuerliche Situation zu organisieren.

Ich bekam Hunger. Erstmal zum Metzger und ein gescheites Steak holen. Da kann ich gleich testen, ob die mich vielleicht erkennen? Es erkannte mich niemand.

Wieder zu Hause, ging ich gleich ans Werk und machte mir eine „To-do"-Liste. Neue Kleidung brauchte ich erstmal. Sollte ich einen Arzt konsultieren? Ne, lieber nicht, der hält mich für verrückt.

Abrupt bekam ich Sehnsucht nach meinem Mann. Oje, was würde der wohl sagen? Plötzlich begann ich heftig zu weinen. Was war das? Männer heulen doch nicht! Ich konnte mich einfach nicht beruhigen. Nach der dritten Packung Taschentücher schluchzte ich immer mehr. Ich kam mir auf einmal so nichtig und mickrig vor, trotz ansehnlicher körperlicher Größe.

Just in diesem Moment klingelte das Telefon und mein Schatz war am Apparat: „Warum hast du so eine komische Stimme?", fragte er mich.

„Ich bin etwas erkältet", log ich ihn an.

„Ach so, dann schau, dass du wieder auf die Beine kommst. Du weißt ja, wir wollen am Wochenende das Musical in Nördlingen besuchen."

„Ach, bis dahin bin ich wieder fit. Mach dir keine Sorgen."

Oje, wie sollte ich mit meinem neuen Männerkörper das neue schicke Kleid anziehen, das mir mein Schatz zum Geburtstag geschenkt hatte. Am liebsten hätte ich gleich wieder geflennt. Ich musste mich zusammenreißen, wenigstens solange mein Mann am Telefon war.

Nach dem Gespräch hatte ich mich wieder einigermaßen im Griff und hatte Lust mich mit einer Shoppingtour zu belohnen. Dann siegte aber die Vernunft. Ich würde mir erstmal ein paar Kleidungsstücke meines Mannes ausleihen. Wer weiß, ob der Spuk morgen nicht schon wieder vorbei wäre.

Doch leider war dem nicht so. Am nächsten Morgen tastete ich ganz vorsichtig meinen Körper ab. Mist, zwischen den Beinen war immer noch etwas, was da nicht hingehörte. Komisch!

Apropos, ich konnte mich nach wie vor nicht daran gewöhnen. Wie hielten die Männer das nur aus? Mir war das Ding immer im Weg. Außer wenn ich mal musste. Das fand ich dann schon ausgesprochen praktisch. Und mit Absicht pinkelte ich im Stehen. Bei meinem Spaziergang am nächsten Morgen probierte ich sogar einen Baum aus. Muss man schon sagen: Im hohen Maße praktisch, beneidenswert praktisch!

Lektion 1: Im Stehen seinen Bedürfnissen freien Lauf lassen ist ausgesprochen angenehm und praktisch!

Ich seufzte, denn diese Annehmlichkeit änderte nichts an meiner verqueren Situation. Ich war bisher keinen Schritt weitergekommen.

Nur noch drei Tage! Meine Gedanken wirbelten durcheinander: Schönheitsoperation, langer Kuraufenthalt, Flucht! Keine Idee war annähernd akzeptabel.

Also von vorne. Wie sollte mein zukünftiges Leben aussehen?

The worst case: Ich würde ein Mann bleiben! Würde mein Schatz dann bei mir verweilen, mit mir eine Homo-Ehe führen? Kaum vorstellbar. Und unsere beiden Kinder? Die Mutter plötzlich ein Mann.

Und die Freunde und Bekannten? Nein, ich musste fliehen. Dieser Gedanke manifestierte sich immer stärker in meinem Kopf.

Flucht, die einzige Lösung aus der Misere. Irgendwo anders ein neues Leben beginnen.

Schon wieder liefen die Tränen die Wange herunter. Und ich dachte immer, Männer wären so cool.

Lektion 2: Männer haben starke Gefühle, auch wenn sie es nicht immer zeigen.

Der Tag endete und ich war keinen Schritt weiter gekommen! Erschöpft schlief ich mit diesem Gedanken ein.

Ein Sprichwort sagt: Die Hoffnung stirbt bekanntlich zuletzt. Folglich tastete ich am nächsten Morgen erneut und … wurde enttäuscht. Mist! Ich setzte mich auf die Terrasse, trank einen Espresso und war froh, dass die Nachbarn verreist waren. Die hätten sonst unter Umständen meinem Schatz verklickert, dass ich einen Liebhaber habe.

In meinem Kopf festigte sich der Gedanke vom Vortag: Flucht! Erstmal schrieb ich an meinen Mann und unsere Kinder lange Abschiedsbriefe. Wohlweislich verschwieg ich den wahren Grund der „Abreise". Obwohl ich über allerlei Phantasie verfügte, gelangen mir die Briefe nicht überzeugend. Lag das daran, dass ich ein Mann war? Hatten Männer weniger Phantasie oder konnten sie schlechter lügen als Frauen? Die zerknüllten Briefe zierten gemeinsam mit unzähligen benutzten Taschentüchern unseren Wohnzimmerboden. Mit jeder Zeile wurde mir bewusster, wie gerne ich wieder eine Frau wäre.

Ich seufzte abermals: „Ich blöde Kuh! Hab' mich beschwert, dass alles auf meinen Schultern lasten würde. Was gäbe ich dafür, wenn ich wieder „Frau" sein dürfte. Mit allem, was dazu gehört: eine engagierte und liebevolle Mutter und Ehefrau, eine sexy und begehrenswerte Geliebte, eine ordentliche Köchin und Putzfrau, eine ausgezeichnete Managerin, eine lustige Taxifahrerin, eine Gärtnerin mit grünem Daumen, eine einwandfreie Gesellschafterin, eine perfekte Krankenschwester, eine fürsorgliche Altenpflegerin, eine Finanzministerin, eine hilfreiche und stets zuhörende Ratgeberin und Freundin."

Es klingelte an der Tür und meine neugierige Nachbarin von gegenüber stand vor der Tür.

„Ist die Irene nicht da?"

„Äh, nein, äh …", stammelte ich.

„Und wer sind sie?", fragte sie mit unverschämten und misstrauischen Unterton.

„Äh, ich bin Irenes Bruder", stotterte ich.

„Ach, der Bruder aus Spanien. Das ist ja nett!" Ich konnte sie gerade noch davon abhalten ins Haus einzutreten. Uff, das war knapp.

Ich beschloss, erstmal zu packen. Ich war ehrlich gesagt nicht in der Stimmung nochmal Abschiedsbriefe zu schreiben. Danach fuhr ich zur Bank und hob etwas Geld ab. Vorsichtshalber packte ich den Goldschmuck ein. Man konnte ja nie wissen, was noch kam und Schmuck würde ich in meinem Leben sowieso nie mehr tragen. Trauer überkam mich.

Keine großen Ohrringe mehr!

Lektion 3: Männer würden sich vielleicht auch gerne mal mit größerem Gehänge schmücken!

Voller Manneskraft und Tatendrang sprang ich am nächsten Morgen aus dem Bett. Ich fühlte mich sauwohl. Ein Blick in den Spiegel. Perfekt! Nur noch schnell anziehen, denn ich wollte heute nach Augsburg fahren. Bei strahlendem Sonnenschein öffnete ich das Verdeck meines Fiat 500 und fuhr damit in Richtung Süden. An der nächsten roten Ampel flirteten die Mädels in den anderen Fahrzeugen mit mir. Was für ein Hochgefühl! Ich genoss sichtlich diese Avancen.

In Augsburg angekommen, steuerte ich in der Maximilianstraße das erste Café an. Schon nach kurzer Zeit gesellte sich eine überaus attraktive Blondine zu mir an den Tisch. Schnell wurde mir klar, welche Ziele sie verfolgte. Das Gespräch war äußerst amüsant. Als sie mir dann aber doch zu arg auf die Pelle rückte, zückte ich das Foto meines Schatzes und erklärte ihr unsere Beziehung. Bedauernd schüttelte sie den Kopf: „War ja sowas von klar. Die schönsten Männer sind immer schwul!"

Lektion 4: Männer mögen es, wenn Frauen sie begehren und dies zeigen!

Leider ging der Tag viel zu schnell zu Ende. Aber eines ist mir klar geworden. Ich würde nicht fliehen. Ich plante, mich den Tatsachen zu stellen. Und wenn mich mein Schatz aus vollstem Herzen liebte, dann würde er mir auch beistehen. Davon war ich nun vollkommen überzeugt. Aber ein bisserl Bammel hatte ich schon vor dem morgigen Tag der Wahrheit. Vorsichtshalber trank ich mir am Abend etwas Mut an, wohl auch etwas zu viel!

Am nächsten Morgen erwachte ich mit einem Brummschädel, der zu platzen drohte. Auch das noch. Mit schlurfendem Schritt schleppte ich mich ins Bad und wollte im Stehen pinkeln. Doch zu meinem Entsetzen lief es nass an den Beinen hinab. Was war das denn? Ich schaute nach unten - da fehlte was!

Ich rieb mir die Augen. Es war weg, das Ding war weg! Instinktiv fasste ich mir an die Brust. Ich schnappte nach Luft. Meine Brüste waren wieder da! Ein Blick in den Spiegel. Grauenhaft was ich da zu sehen bekam: Eine total übernächtigte, faltige Frau, deren Haare wirr in alle Richtungen standen. Und trotzdem hätte ich vor Glück laut schreien können. Dazu kam ich aber nicht, denn ich hörte, wie unten die Haustür aufgeschlossen wurde und mein Mann laut rufend eintrat:

„Schatz, Überraschung, ich durfte heute früher nach Hause fahren!"

Silberhochzeit

Hanna überlegte schon den ganzen Tag, was sie und ihr Mann Ungewöhnliches an ihrem 25. Hochzeitstag erleben könnten. Eine Feier mit der gesamten Familie und Verwandtschaft, wie es einige gerne hätten, kam für sie nicht in Frage. Es war ein besonderer Tag für ein unvergleichliches Paar und das wollte sie nur mit ihrem Liebsten verbringen.

Eine originelle Reise, irgendwohin, wo sie sonst aus Geldmangel nicht hin gekonnt hatten? Ja, ist ja ganz nett.

„Aber ganz nett ist die kleine Schwester von Sch….", dachte Hanna bei sich.

Sie wollte etwas Ausgefallenes mit ihrem Mann erleben.

Zufällig sah sie einen romantischen Film im Fernsehen und dabei kam ihr eine Idee. Euphorisch besprach sie ihren Einfall mit ihrem Liebsten. Der zog die Augenbrauen hoch und sagte: „Ich weiß nicht, das klingt aber irgendwie komisch. Sind wir für so etwas nicht zu alt?"

„Aber gerade deshalb ist es eine ganz ausgezeichnete Idee! Das frischt bestimmt unsere Liebe auf. Dann haben wir vielleicht wieder Schmetterlinge im Bauch!" Hanna war total begeistert von ihrem Vorschlag. „Denk doch einfach mal drüber nach."

***

Hanna fuhr mit dem Intercity nach München und weiter zum Flughafen. Sie war ziemlich aufgeregt, als sie endlich im Flugzeug nach Andalusien saß. Schon viele Jahre war sie nicht mehr alleine geflogen, geschweige denn mutterseelenallein verreist.

Vor dem Flughafen in Sevilla stand ein junger Mann mit einem Schild in der Hand, auf dem ihr Name geschrieben war. Sie nahm Kontakt auf und folgte ihm zu einem schwarzen Auto. Auf dem Weg zum Hotel bewunderte sie die paradiesische Landschaft. Jetzt im Frühling fing alles an zu blühen. Schon nach einer Viertelstunde kamen sie in dem kleinen Hotel auf den Klippen an. Ihr geräumiges Zimmer mit Meerblick war ein Traum.

Schnell packte sie ihren Koffer aus und zog sich um, denn sie trug noch immer die Winterkleidung. Voller Vorfreude auf die kommenden zwei Wochen bekam sie ein Grummeln in der Magengegend. Hatte sie denn jetzt schon Schmetterlinge im Bauch?

Leichtfüßig schritt sie in ihren roten Sandalen auf die Terrasse und bestellte sich erst einmal einen kühlen Cocktail. In Gedanken versunken fiel ihr Blick auf das türkisfarbene Meer und sie spürte den frühlingshaften leichten Wind auf ihrer Haut.

„Entschuldigung, ist dieser Platz noch frei?", ertönte eine sympathische Stimme.

Hanna dreht ihren Kopf und sah in die blauesten Augen, die sie je gesehen hatte. Ein Lächeln huschte über ihr Gesicht.

„Aber sicher!", antwortete Hanna und schaute verschmitzt aufs Meer.

Nach einer gefühlten Ewigkeit fragte der Mann: „Sind Sie schon lange hier?"

„Nein, ich bin eben erst angekommen", erwiderte sie freundlich. „Und Sie?"

„Ich auch. Traumhaft hier, nicht wahr?"

Ein leises Seufzen: „Sehr!"

„Das erste Mal hier?" Sein Interesse an einer Konversation schien groß zu sein. Sie blickte ihn an und hauchte:

„Ja, zum ersten Mal!"

„Darf ich Sie fragen, ob Sie alleine hier sind? Oder wartet ein Mann, eine Familie oder jemand anderes auf Sie?"

„Sie sind ja ziemlich neugierig, aber … nein, ich bin allein hier", erwiderte sie und strahlte ihn dabei an.

„Das trifft sich gut, ich bin ebenfalls alleine hier." Zufrieden lehnte er sich zurück und verschränkte seine Arme. „Dann könnten wir ja mal etwas zusammen unternehmen, einen Ausflug machen oder gemeinsam ausgehen?"

Sie schob ihre Sonnenbrille ein wenig hinunter und blickte ihn über den Brillenrand an.

„Mmmh. Ja, warum nicht? Kennen Sie ein Lokal, wo man landestypisch essen kann?"

„Noch nicht, aber ich werde eines finden. Wann und wo darf ich Sie abholen?"

Sie schaute ihn verschmitzt an: „Um 19 Uhr im Foyer?"

„Perfekt, ich werde da sein!" Und mit diesen Worten stand er auf und schlenderte an die Klippen.

„Schade", dachte Hanna, „ich hätte mich gerne noch länger mit ihm unterhalten."

***

Als Hanna in ihrem leuchtend blauen Kleid in der Hotelhalle ankam, sah sie ihn schon dort sitzen. Sie betrachtete ihn wohlwollend: Die ehemals braunen Haare waren mit Silberstreifen durchzogen, der gepflegte Bart war fast komplett weiß und die blauen Augen kamen durch die gebräunte Haut wunderbar zur Geltung. Für sein Alter, er dürfte in etwa fünfzig sein, hatte er eine absolut zufrieden stellende Figur.

Hanna stolzierte auf ihren Schuhen mit ungewohnt hohen Absätzen durch die Halle. Die Blicke der anwesenden Männern blieben an ihr hängen. Kein Wunder, für ihr Alter, sie war 52 Jahre, hatte sie eine passable Figur: Nicht zu dünn und nicht zu dick, Rundungen an den Stellen, an denen sie auch hingehörten. Ihre langen blonden Haare fielen gewellt auf das blaue elegante Kleid. Die vielen Sommersprossen und die Grübchen in der Wange gaben ihrem Gesicht ein sympathisches und etwas schelmisches Aussehen.

Als er sie erblickte, entfuhr ihm ein wohlwollender leiser Pfeifton. „Wow, was für eine Frau", dachte er bei sich und sprang auf, um sie zu begrüßen. „Ich freue mich, dass Sie mich nicht versetzt haben," fing er galant ein Gespräch an.

„Welchen Grund gäbe es, mir einen angenehmen Abend in Begleitung in einem hoffentlich vorzüglichen Restaurant entgehen lassen," erwiderte sie schmunzelnd.

„Schauen wir mal, ob das kleine Lokal das hält, was es im Internet verspricht. Wollen wir gleich los?"

Hanna überlegte kurz: „Für wann haben Sie den Tisch reserviert?"

„Für 20 Uhr. Wir brauchen mit dem Taxi in etwa eine viertel Stunde. Wir könnten also noch einen kleinen Aperitif auf der Hotelterrasse einnehmen und den Sonnenuntergang beobachten."

„Das ist eine ausgezeichnete Idee", hauchte Hanna und spürte ein Kribbeln in ihrer Magengegend.

Die Zeit auf der Terrasse verging für Hannas Geschmack viel zu schnell. Sie genoss das intensive Gespräch mit dem geistreichen und amüsanten Mann. Fast fand sie es schade, als er freundlich zum Aufbruch mahnte.

Im gemütlichen Restaurant fanden sie aber schnell wieder zurück zu ihrer Konversation. Hanna hing an seinen Lippen beim Erzählen aus seinem abwechslungsreichen Leben.

„Ich rede zu viel", meinte Thomas, ihre neue Bekanntschaft. „Erzähl du doch bitte von deinem Leben." Mittlerweile waren sie zum „Du" übergegangen. Das „Du" brachte eine gewisse Vertrautheit zwischen die beiden, die nur Augen füreinander hatten.

„Ach, ich weiß nicht, ob es von mir Spannendes zu erzählen gibt."

„Oh, da bin ich mir aber absolut sicher. So eine anziehende und gescheite Frau hat garantiert ein aufregendes Leben gehabt," schmeichelte ihr Thomas.

Sie schlug die Augen nieder und errötete leicht. Solche Komplimente hatte sie lange nicht mehr gehört. Als sie aufsah und in sein lächelndes Gesicht sah, hatte sie plötzlich keine Hemmungen mehr und fing an sich ihm anzuvertrauen. Thomas war begeistert. Sie konnte so herrlich lustige Geschichten und Episoden aus ihrem Leben erzählen, dass ihm die Tränen vor Lachen an der Wange herunterliefen. Vor lauter Reden, vergaßen sie fast das köstliche Essen. Plötzlich nahm er ihre Hand in seine und küsste sie sanft. Sie stockte. Das Kribbeln breitete sich über ihren ganzen Körper aus und sie hatte nur noch das Verlangen diesen Mann zu küssen.

Als ob er ihre Gedanken lesen könnte, schlug er vor, zum Hotel zurückzufahren. Sie willigte schnell ein.

***

Am nächsten Morgen wurde Hanna vom milden Licht der ersten Sonnenstrahlen geweckt. Sie spürte einen Arm um ihren Körper und lächelte. Am liebsten hätte sie diesen Moment für immer eingefangen.

Da drehte sie sich um und sah wieder in die schönsten blauen Augen, die sie jemals gesehen hatte. Thomas strahlte sie an und sagte: „Ich liebe dich so sehr - heute, morgen und für immer!"

Hanna küsste ihn sanft und ein paar Tränen glitzerten in ihren Augen: „Danke für diesen wunderbaren Abend und diese traumhafte Nacht!"

„Ich danke dir - für die vergangenen 25 Jahre!"

Ein verflixter Tag

Es gibt Tage, an denen sollte man sich, ehrlich gesagt, wieder ins Bett legen oder lieber gleich dort bleiben. Es wäre wohl besser!

Das kennt garantiert jeder von uns. Dennoch glaube ich, dass mein Albtraumtag der Schlimmste war, welchen man sich überhaupt vorstellen kann.

Aber der Reihe nach: Winter war noch nie meine Jahreszeit. Und Schnee erst recht nicht. Darum bevorzugte ich Gegenden, in denen es weniger schneite. Das ging etliche Jahre gut, dann lockte mich jedoch ein ausgezeichnetes Stellenangebot in die Alpen. Im Sommer ein Traum, nicht so heiß wie anderswo, im Frühling und Herbst herrlich für ausgedehnte Wanderungen, aber der Winter: zum Fürchten.

Zum zweiten Mal näherte sich diese ungeliebte Jahreszeit und aus Erfahrung wusste ich, dass ich vier Monate den Wecker schon eine Stunde früher stellen musste. Für mich als Langschläfer eine Qual. Schon sechs Uhr ist für mich eine nahezu unmenschliche Zeit zum Aufstehen. Im Winter stellte ich den Wecker auf fünf Uhr, quälte mich aus dem Bett und schaute hinaus. Hatte es geschneit, schlurfte ich weiter in die Küche und brühte mir zuerst eine große Tasse Kaffee auf. Lag kein Neuschnee, legte ich mich noch einmal ins Bett, was das Aufstehen eine Stunde später nicht leichter machte.

An diesem schrecklichen Tag fiel ich fast in Ohnmacht, als ich die Schneemenge sah. „Oje, das schaffe ich ja nie!", klagte ich. Schnell sprang ich unter die Dusche und verzichtete auf das Haare waschen, obwohl es dringend nötig gewesen wäre. Ich zog mir die dicksten Klamotten an, die ich fand und watschelte mit meiner unförmigen Figur hinaus.

Puh, war das kalt. Erst einmal befreite ich mein Auto von einer dreißig Zentimeter dicken Schneeschicht. Darunter waren natürlich die Autoscheiben zugefroren. Da half alles nichts, ich startete den Motor, denn nur mit Kratzen würde ich die Scheiben nie frei bekommen. Hoffentlich hörte das Laufen des Motors kein Nachbar, dann wäre der Ärger sicher vorprogrammiert.

Als der Wagen endlich fahrtauglich war, fing ich an den Weg zur Wohnungstür und den Parkplatz freizuschaufeln. Was sich als schwieriger erwies als gedacht, da der Schnee durch diverse Temperaturschwankungen etwas gefroren war. Vollkommen erschöpft und verschwitzt schleppte ich mich ins Haus. Ein flüchtiger Blick auf die Uhr, das würde ich nie pünktlich zur Arbeit schaffen. Und das nicht nur aufgrund des Schneeschippens, sondern auch wegen der schlechten Straßenverhältnisse. Ich konnte ja nur maximal 30 Stundenkilometer fahren, würde also auf jeden Fall zu spät ankommen.

Ergo: Es musste Plan B her. Erst war es nötig nochmal zu duschen, denn mein Körper verströmte nicht gerade den Geruch einer betörenden Frau. Außerdem verspürte ich einen Mordshunger. Das Schneeschippen war anstrengender als ich dachte.

Ein erneuter Blick auf die Uhr, der Chef müsste nun erreichbar sein. Pustekuchen, es sprang nur der Anrufbeantworter an.

„Chef, tut mir leid, ich werde mich verspäten. Sie sehen es ja selber, der Schnee …!"

Frisch geduscht und frohgemut, mit einer leckeren Salamisemmel in der Hand, schlenderte ich zu meinem Wagen. Das durfte doch nicht wahr sein! Das Auto wurde von einer beachtlichen neuen Schneedecke bedeckt. Also nochmal grob den Schnee runter gekehrt und eingestiegen.

Ein Fluch erschallte: „Zefix Halleluja!" Das Auto sprang nicht an.

„Ruhig bleiben", mahnte ich mich. „Die Batterie ist neu, der Wagen muss anspringen." Tat er aber nicht. Ich lief wieder in die Wohnung und rief den Automobilclub an. Sie versprachen, so schnell wie möglich einen Mitarbeiter vorbei zuschicken. Es könnte aber dauern.

„Der Schnee …“

Ich wartete und wartete, wurde zunehmend nervöser und rief vorsichtshalber ein zweites Mal in der Arbeit an. Immer noch der Anrufbeantworter. Wo waren die denn? Hatten meine Kollegen und mein Chef ebenfalls Probleme mit dem heftigen Winteranfang? Aber die kannten dieses Wetter doch, schließlich lebten sie schon immer in dieser Gegend. Zunehmend unruhig versuchte ich ein weiteres Mal den Wagen zu starten - und … er sprang an! Vorsichtshalber testete ich es ein zweites Mal. Und wieder, alles funktionierte tadellos. Aus diesem Grund rief ich den Automobilclub erneut an und gab Bescheid.

„Unser Mitarbeiter ist schon unterwegs zu ihnen. Jetzt müssen sie aber die Anfahrt bezahlen!“, bekam ich als Antwort. Das war ausgesprochen ärgerlich! Aber da konnte man wohl nichts machen. Ich fragte, wie viel und wohin ich überweisen solle, und notierte mir schnell alles. In Gedanken war ich bereits längst auf dem Weg zur Arbeit.

Ich seufzte bei dem Gedanken an meinen Arbeitstag. Bereits jetzt war ich total erschöpft. Wie sollte ich so den Tag überstehen? Mit einer großen Menge Kaffee! Da war ich mir sicher.

Langsam fuhr ich die Serpentinen hinunter ins Tal. Mist, warum hatte ich mir unbedingt eine Wohnung in einem Bergdorf suchen müssen? Jetzt hatte ich den Salat. Im Schneckentempo fuhr ich Kurve um Kurve. Endlich unten angekommen, stellte ich fest, dass auch hier das Fahren auf den zugeschneiten Straßen nicht wesentlich besser war.

„Und weit und breit kein Schneeräumdienst zu sehen. Das gibt es doch nicht!", schimpfte ich vor mich hin.

Um meine Laune aufzubessern, schaltete ich das Radio ein. Es kam auf jedem Sender die gleiche langweilige Musik, also wechselte ich auf die gesammelten Songs auf meinem Speicherstick. Hätte ich das mal nicht getan. Möglicherweise wäre der restliche Tag dann besser verlaufen!

Ich sang lauthals mit und trommelte mit den Fingern aufs Lenkrad. Dabei ist es dann wohl passiert. Das Auto fuhr zu weit nach rechts und ich kam zu nah an einen vereisten Schneehaufen. Zwar war es mir möglich zu bremsen, aber ich konnte es nicht vermeiden, dass mein Wagen von vorne bis hinten zerkratzt wurde. Als ich anhielt, um mir den Schaden anzusehen, rollten mir die Tränen die Wange hinunter.

„Mein schönes Auto!", dachte ich nur. „Was das kosten wird?"

Auch wenn es nur ein Lackschaden war, würde es meine gesamte Urlaubskasse auffressen. Italien ade! Das wird nichts dieses Jahr!

Als ich mich beruhigt hatte, fuhr ich noch langsamer als zuvor weiter Richtung Stadt. Mittlerweile war es bereits zehn Uhr. Zu meiner Verwunderung war kaum Verkehr und als ich einen Parkplatz suchte, fand ich sofort einen.

„Komisch", dachte ich. Freute mich aber auch darüber. Frohgemut lief ich zu meiner Arbeitsstelle und stand vor einer verschlossenen Tür. Ich klopfte und rief, aber niemand öffnete.

Ich gab nicht auf und klingelte erneut, holte mein Handy heraus und rief meinen Chef an. Es antwortete nach wie vor nur der Anrufbeantworter. Langsam machte ich mir Sorgen. Alle Krimis dieser Erde kamen mir in den Sinn und mit meiner lebhaften Phantasie konnte ich mir die schlimmsten Szenarien vorstellen.

Plötzlich öffnete sich ein Fenster in dem Gebäude und eine ältere Frau rief: „Was machen Sie denn für einen Lärm, sind sie noch ganz gescheit?" Ich versuchte zu erklären, dass wahrscheinlich irgendetwas nicht stimme, vielleicht sogar ein Mord geschehen sei, da niemand von der Firma öffnete. Da fing die Frau lauthals an zu lachen. Ihr kullerten vor Lachen die Tränen hinunter und mit viel Mühe

erklärte sie mir: „Sie haben recht, da ist heut'
niemand. Heut' ist doch Sonntag!"

Heute ist alles anders

Heinrich kam von der Arbeit heim. Er war müde und hatte definitiv keine Lust mehr auf seine Arbeit. Seit mehr als vierzig Jahren war er nun schon bei der Stadtverwaltung angestellt.

„Ingrid, ich bin wieder da!", rief er, während er das kleine Reihenhaus betrat. Er stutze, als er nicht wie gewöhnlich eine Antwort erhielt. Suchend schaute er sich um: Keine Ingrid, keine Pantoffeln und kein Bier auf dem Tisch. Es roch auch nicht nach Essen.

„Nanu", dachte er, „was ist denn hier los?"

Da sah er einen Zettel auf der Anrichte im Flur liegen.

„Bin mit meiner Nachbarin im Krankenhaus. Sie ist die Treppe runtergefallen und hat sich den Arm gebrochen. Back Dir die Pizza im Backrohr auf. Kuss Ingrid!"

„Na, toll", dachte sich Heinrich, „ich hatte mich so auf den Schweinebraten gefreut."

Missmutig schob er eine tiefgefrorene Pizza ins Rohr und ging nach oben.

Er wollte in seine Freizeitklamotten hineinschlüpfen, als sein Blick auf das Bügelbrett fiel. Da lag sein ungebügeltes Hemd, dass er später eigentlich zum Schafkopfen anziehen wollte. Leise fluchend beugte er sich zum Stecker des Bügeleisens hinunter. Ein Knacken im Kreuz ließ ihn zusammenfahren.

„Zefix halleluja!", fluchte er laut. „Das kommt davon, wenn meine Frau nicht ‚ihre' Arbeit erledigt. Kaffee trinken mit Freundinnen, ist ihr anscheinend wichtiger, als ihren schwer schuftenden Mann zu unterstützen."

Er kam so richtig in Fahrt und jammerte laut vor sich hin.

Als er den Stromstecker einstecken wollte, wurde der stämmige Mann durch einen elektrischen Schlag zu Boden gerissen. Bewusstlos blieb er liegen und wachte erst wieder auf, als ihm der Geruch von Verbranntem in die Nase zog. Irritiert schaute er sich um. Nachdem er den beißenden Gestank aus Richtung Erdgeschoss vernahm, rannte er schnell die Treppe hinunter. Die Rauchschwaden in der Küche quollen aus dem Bachofen hervor. Schnell riss er diesen auf und zog eine total verbrannte Pizza heraus. Hustend öffnete er flink Fenster und Türen.

Schwer atmend setzte er sich erst einmal auf das Sofa. Als er dann seine Hände anschaute, wunderte er sich: Er hatte rot lackierte Nägel.

„War ich denn gestern auf einem Faschingsfest?", fragte er sich laut. Ein Blick aus dem Wohnzimmerfenster und auf den blühenden Garten beantwortete ihm jedoch diese Frage. Noch auf der Suche nach des Rätsels Lösung, klingelte es an der Haustür. Er schlurfte hin um sie zu öffnen, als er fast erneut in Ohnmacht gefallen wäre: Er selbst stand vor der Tür!

„Ich habe meinen Schlüssel vergessen", sagte sein „Ich" und trat ein.

„Was schaust du so blöd?", raunzte ihn sein Gegenüber an und drängte sich in die Wohnung. „Du hast nicht gekocht! Und wie sieht es denn hier aus? Hast du versucht, die Bude abzufackeln? Typisch Frau, zu rein gar nichts zu gebrauchen", polterte er.

Heinrich liefen die Tränen hinunter bei diesen Beschimpfungen und er rannte schnell in die Toilette. Ein Blick in den Spiegel und er erstarrte zur Salzsäule. Er schaute in das Gesicht seiner Frau!

Das konnte doch nicht möglich sein! Er zwickte sich in den Arm. Doch Fehlanzeige. Er war im Körper seiner Frau!

Heinrich stand vor der Herausforderung seines Lebens, das wurde ihm augenblicklich bewusst. Ihm war zwar nach wie vor nicht klar, wie das Geschehen konnte und er, ein rational denkender Mann, hatte damit seine Probleme. Aber er hatte noch nie in seinem Leben gekniffen. Er dachte an das Hochwasser letztes Jahr im Keller. Da hatte er Ingrid klare Anweisungen gegeben. Sie hatte die Eimer voll mit Wasser hoch geschleppt und er die Pumpe überprüft. Nachdem er mit geschulten

Blick festgestellt hatte, dass die Sumpfpumpe nicht zu reparieren war, gab er ihr die Aufgabe die Feuerwehr zu rufen.

Oder als ihr Hund Bepperl, leider letztes Jahr verstorben, in die Wörnitz gefallen war, hatte er seiner Frau die Anweisungen gegeben, wie sie ihn retten konnte. Dass sie dabei in den Fluss fiel, war halt Pech. Aber er hatte immer alles im Griff.

Ein Heinrich gab nicht auf, also wischte er sich die Tränen aus dem Gesicht und trat seinem „Ich" entgegen. Heinrich Zwei war übellaunig: „Ich habe Hunger und du hast wieder einmal nichts gekocht! Für was habe ich dich eigentlich geheiratet?"

„Aber ich …", stotterte Heinrich alias Ingrid. Er verstummte, als er seinen strengen Blick sah.

„Ich gehe jetzt in die Wirtschaft, da bekomme ich wenigsten ein Schnitzel mit Bratkartoffeln. Du kannst ja derweil das Chaos beseitigen!" Und mit diesen Worten war er auch schon verschwunden.

Ein verdutzter Heinrich Eins blieb zurück.

„Okay", dachte er sich, „das kann ja nicht so schwer sein!" Er krempelte seine Ärmel hoch und fing an die Küche wieder aufzuräumen. Aber so recht wollte es ihm nicht gelingen. Er hatte erst einmal Probleme die benötigten Putzmittel zu finden. Während er suchte, rief die Tochter an: „Mama, ich bring dir gleich die Zwillinge vorbei."

„Die Zwillinge?"

„Ach Mama, hast du`s vergessen? Ich fahre doch zur Konferenz nach Frankfurt und die Kinder bleiben doch für zwei Tage bei dir." Das wusste Heinrich Eins tatsächlich nicht und antwortete nur: „Mmmh, ja. Ja, klar, bring sie vorbei."

„Auch das noch!", dachte er leicht genervt.

Als die Tochter mit dem Nachwuchs kam, hatte Heinrich Eins angefangen, den Boden heraus zu wischen, und ärgerte sich, dass die Zwillinge darauf keinerlei Rücksicht nahmen und einfach über den feuchten Boden liefen. Die Tochter verschwand mit einem flüchtigen Küsschen und den Worten: „Du schaust aber müde aus Mama."

Die Kinder nutzten diese kurze Szene aus und lieferten sich eine Kissenschlacht im eben erst aufgeräumten Wohnzimmer.

„Hunger, wir haben Hunger!", riefen sie. Folglich dackelte Heinrich Eins in die Küche. Er hatte ja schon mal gekocht, Rührei mit Bratkartoffeln. Ergo konnte es doch nicht so schwer sein die kleinen Bälger satt zu bekommen. Ein Blick in den üppig gefüllten Kühlschrank. Eine viertel Stunde später setzte er den Jungs Spaghetti vor.

„Bäh, was ist das denn!" Und „Igitt, die schmecken ja gar nicht!", riefen die entsetzten Kinder und warfen die Gabeln auf den Tisch. Heinrich Eins verstand diese Reaktion gar nicht. Er hatte Spaghetti mit Ketchup zubereitet in dem Glauben, dass Kinder dies gerne aßen. Das Essen landete im Mülleimer und Heinrich suchte im Telefonbuch nach einem Pizza-Service.

Nach dem Essen setzte er die Kinder vor den Fernseher, räumte die Küche auf und wollte sich just dazu setzen, da kam Heinrich Zwei angedudelt nach Hause. Seine Laune wurde beim Anblick der Enkel nicht besser.

„Hast du mein Hemd für morgen gebügelt?", fragte er seine Frau ruppig. Also schleppte sich Heinrich Eins nach oben und bügelte das Hemd.

„Bring mir doch mal 'ne Flasche Bier", tönte es von unten. Trepp-ab, trepp-auf!

Endlich waren die Enkel im Bett, nachdem er ihnen drei Geschichten vorgelesen hatte. In der Zwischenzeit sah Heinrich Zwei noch fern. Heinrich Eins schleppte sich ins Bad und war froh, dass er am Ende des Tages endlich ins Bett konnte. Aber dort angekommen hatte er nicht lange Ruhe.

„Denk dran: Morgen musst du das Auto in die Werkstatt fahren! Und du musst endlich zum Finanzamt, die brauchen irgendetwas von der Steuererklärung. Da kannst du auch gleich meinen Anzug aus der Reinigung abholen. Ach ja, und mach einen Termin beim Friseur für mich aus. Ist längst überfällig", ratterte Heinrich Zwei die To-do-Liste herunter: „Und denk an das Geschenk für meine Mutter. Dir fällt schon was ein."

Heinrich Eins drehte sich zur Seite und wollte nur noch schlafen, da spürte er die großen Hände von Heinrich Zwei auf seinem Bauch. Er blieb wie angewurzelt liegen und atmete ganz flach. Doch schon flüsterte Heinrich Zwei: „Na, mein kleines Weibchen, wie wäre es mit uns zweien?"

„Hilfe!", dachte Heinrich Eins, sprang aus dem Bett und rannte die Treppe hinunter. Dabei passierte es: Er purzelte die komplette Stiege hinab und blieb unten am Absatz stöhnend liegen.

Als er sich mit Tränen in den Augen den schmerzenden Fuß rieb, bemerkte er erstaunt, dass sich an seinen Nägeln kein roter Nagellack mehr befand. Erleichtert fiel ihm ein Stein vom Herz.

Runder Geburtstag

Für Rosa waren solche Pseudofeste, wie sie Muttertag und Valentinstag nannte, nicht so wichtig. Sie freute sich mehr, wenn jemand während des Jahres ohne besonderen Anlass an sie dachte. Ebenso war sie niemals traurig oder gar beleidigt, wenn ihr Geburtstag mal vergessen wurde. Aber ihren „Sechzigsten", den wollte sie schon als speziellen Tag beachtet wissen.

Ihr Geburtstag rückte immer näher. Doch irgendwie wurde Rosa das Gefühl nicht los, dass er dieses Mal so gar nicht gewürdigt wurde. Zögernd forschte sie nach und bekam von ihrem Mann die knappe Antwort: „Also der Sechzigste ist doch kein besonderer Geburtstag."

„Ach so! Aber dein Fünfzigster schon, oder?" Hatte ihr Göttergatte doch erst vor kurzem seinen eigenen Jubeltag mit allerlei Tamtam gefeiert.

„Der Fünfzigste ist ein halbes Jahrhundert und damit etwas Besonderes", erwiderte er trocken. Rosa wollte irgendetwas erwidern, merkte aber, dass es keinen Sinn hatte und bevorzugte zu schweigen.

Immer näher rückte ihr Tag und Rosa hätte den Geburtstag am liebsten vergessen oder gestrichen. Schon seit Monaten machte ihr dieser Tag in gewisser Weise Kopfzerbrechen, denn ihr wurde bewusst, dass das Leben nicht unendlich ist. Beschweren wollte sie sich zwar nicht, gesundheitlich hatte sie keinerlei Probleme und wegen ihrer lebhaften Art wurde sie oft jünger geschätzt. Trotzdem, die Gedanken kreisten um diese eine Zahl.

„Und wenn ich schon sechzig werde, möchte ich es an meinem Tag ordentlich krachen lassen!", dachte sie bei sich. Mit ihren Freunden und der Familie würden sie zwar erst im Sommer feiern, aber mit ihrem Mann und den Kindern wünschte sie sich einen ausgefallenen Tag.

Als sie an ihrem Ehrentag aufwachte, früher als sonst, bemerkte sie, dass sie alleine war. Ihr Mann, der nur am Wochenende heimkam, hatte nicht frei bekommen und die Kinder waren bereits zur Arbeit gegangen. Selbst die Jüngste war schon ausgeflogen.

„Auch wenn ich es vorher wusste, es fühlt sich traurig an", dachte sie bei sich. Nur ihr Kater kam ins Bett gesprungen und lies sich hinter den Ohren kraulen.

„Was für ein einsamer Morgen", sprach Rosa zu ihrem Stubentiger und seufzte tief.

In der Küche bereitete sie sich erst einmal einen Espresso zu und beschloss anschließend in die Stadt zu fahren und in einem netten Café zu frühstücken. Als sie zur geöffneten Garage kam, durchfuhr sie ein riesiger Schreck. Das Auto war weg!

Tausend Gedanken schwirrten ihr durch den Kopf: Wer hatte die Garage geöffnet? Oder hatte sie diese versehentlich offengelassen? Wo ist das Auto oder wurde es gar gestohlen?

Erst einmal die Polizei anrufen oder vielleicht doch erst ihren Mann? Schnell stürmte sie ins Haus zurück.

Als sie den Telefonhörer abhob, hörte sie … nichts. Auch das noch! Die Internetverbindung schien nicht zu funktionieren und somit war auch das Telefon tot. Daraufhin suchte sie ihr Smartphone und fand es in der Handtasche. Ein Schreck durchfuhr sie, als sie bemerkte, dass ihr Guthaben der Prepaidkarte aufgebraucht war. Wie konnte das nur passieren?

„Mist, aufladen kann ich es jetzt ebenfalls nicht, da das Internet ja nicht funktioniert!", dachte sie bei sich und fluchte laut: „Zefix halleluja, was ist denn heute nur los?"

Nach kurzer Überlegung, entschloss sich Rosa, die Nachbarin um Hilfe zu bitten. Die meisten Häuser waren vormittags unbewohnt, denn die Kinder besuchten die Schule und die Eltern waren beim Arbeiten. Aber zwei ältere Damen befanden sich in der Regel zu Hause. Nur heute natürlich nicht! Es ging anscheinend schief, was schiefgehen konnte.

„Das gibt es doch nicht. Hat sich denn alles gegen mich verschworen?"

Rosa setzte sich auf das Sofa und fing an zu weinen. So einsam hatte sie sich noch nie gefühlt. Aber: Eine Rosa gibt nicht so schnell auf! Sie holte ihr Fahrrad aus der Garage, um zur Polizei zu radeln. Als sie losfahren wollte, bemerkte sie jedoch, dass der Hinterreifen keine Luft hatte. Sie lief zurück, um die Luftpumpe zu holen. Doch diese war nicht an ihrem Platz.

„Das ist ja zum Haare ausraufen!", rief sie. „Okay, es hat keinen Sinn. Ich mach mir ein Frühstück und dann sehe ich weiter."

Rosa setzte sich mit den frisch aufgebackenen Croissant in den Garten. Eigentlich war es noch zu kalt dafür, aber sie beschloss sich wenigstens an den bereits blühenden Krokussen zu erfreuen.

Und als sie in eine Decke gehüllt den dampfenden Cappuccino trank, hörte sie plötzlich laute Stimmen. Verwundert drehte sie sich um und schaute auf den Weg, der hinter dem Garten verlief. Eine Gruppe schlenderte fröhlich plappernd mit Leiterwagen und Musik in ihre Richtung.

Als die Leute näher kamen erkannte die verwunderte Rosa ihren Mann, ihre Kinder und ein paar Freunde. Ihre Tochter Elena trug einen Kuchen mit Kerzen, ihr Mann einen Sekt, und im Bollerwagen erkannte sie liebevoll eingepackte Geschenke.

In wenigen Minuten war der Garten mit Tischen und Stühlen bestückt und sorgfältig gedeckt. Unter lautem Gelächter bauten die Freunde ein leckeres Büffet auf und die jungen Leute tanzten zu der Musik, während sie die Kerzen anzündeten und den Prosecco und Crodino ausschenkten.

Rosa war gerührt von der Überraschung, auch wenn sie ein klein wenig beleidigt war.

Ihr kullerten die Tränen runter, als sie ihrem Mann stockend beichten wollte, dass der Wagen verschwunden sei. Aber der lachte nur: „Das war alles Teil des Plans! Wir hatten das Auto vorsichtshalber woanders geparkt, falls du Langschläferin ausnahmsweise früher aufstehst und uns die Überraschung verderben würdest. Und das hast du ja offensichtlich fast gemacht", erklärte ihr Mann.

„Aber musstet ihr mir so einen Schrecken einjagen? Als das Auto weg war, habe ich gedacht, dass es geklaut worden ist und hatte vor zur Polizei zu gehen", erzählte Rosa.

„Das war so nicht gewollt", erwiderte ihr Sohn Jonas und nahm sie liebevoll in den Arm, „aber wir wussten ja nicht, dass du ausgerechnet heute so früh aufstehst, wo du doch sonst immer so lange schläfst!"

Zeitreise

Seit ich das erste Mal eine VR-Brille auf hatte, träumte ich von einer Zeitreise.

Wohin würde es mich zuerst verschlagen? Ganz klar, ins Römische Reich der Antike. Sehen und erleben wie die Römer und vor allem die Etrusker, mein liebstes Volk, gelebt haben. Seit ich in den achtziger Jahren das erste Mal die etruskische Kultur sah, war es um mich geschehen. Ich las so viel wie möglich über dieses mysteriöse Volk, das damals seiner Zeit weit voraus war. Besonders im Zusammenhang mit der Emanzipation. Ob Ausgrabungen oder Museen, ich wollte alles haargenau wissen und bereiste nicht nur die Toskana, wo die Etrusker etliches zurückgelassen hatten, sondern ebenso Latium und die Emilia Romagna.

In Rom im *Domus Aurea*, dem riesigen Palast von Kaiser Nero, hatte ich dann das sensationelle Erlebnis einer virtuellen Zeitreise. Nur kurze Zeit später dann am Altar *Ara Pacis* erneut dieses erstaunliche Schauspiel mit Hilfe der Virtual Reality Brillen.

Keine Frage, wenn es irgendwann einmal Zeitreisen gäbe, wäre ich die Erste, die sich für eine mögliche Testreihe zur Verfügung stellen würde.

Leider wurde ich älter und älter und nichts geschah in diese Richtung. Aber dann, im betagten Alter von 84 Jahren, war es endlich soweit. Durch meine Enkelin, die Archäologie studierte, bekam ich die Möglichkeit mit vier weiteren Teilnehmern an der ersten Zeitreise teilzunehmen. Es gab nur zwei Bedingungen: Es war erforderlich, dass die Ausgewählten bei bester Gesundheit sind und Latein beherrschen. Ich spreche zwar nur fließend italienisch, aber weil ich unbedingt dabei sein wollte, lernte ich es zusätzlich in einem Kurs. Mit meinen Voraussetzungen gelang mir das relativ schnell.

Nach vielen weiteren Test und einer Gesundheitsuntersuchung war es endlich soweit. Wir fünf Teilnehmer wurden in dem Institut freundlich empfangen. Nach einem kurzen Vorstellungsgespräch - es waren Frauen und Männer zwischen 20 und 84 Jahren - und einer Einweisung fing das Abenteuer endlich an. Wir betraten einen großen Raum, in dem sich eine geöffnete Kugel befand. Im Innenraum standen fünf Sessel im Kreis.

Das junge Mädchen mit den langen roten Haaren, eine der fünf Reisenden, lachte beim Anblick der altmodisch wirkenden Sitzgelegenheiten. Der Mann um die dreißig hampelte herum und schnitt Grimassen, was nicht unbedingt sein Äußeres begünstigte. Nur die 50-jährige Frau mit den schulterlangen, gewellten Haaren und der etwa 60 Jahre alte schlanke Mann blieben ruhig stehen und warteten ab. Wir bekamen von den Mitarbeitern passende

Kleidung für unsere Reise. Etwas ungewohnt war die römische Tunika schon für mich, aber irgendwie auch eindrucksvoll und stylisch. Da ich meine Haare immer lang und hochgesteckt trug, war es für die Mitarbeiter einfach, sie zu einer passenden Frisur für das antike Rom umzufrisieren.

Ich setzte mich in den mittleren der fünf Sessel. Assistenten gaben uns Schutzbrillen und Ohrstöpsel, die Sitzmöbel bewegten sich leicht zurück in eine Liegestellung und schon startete das Abenteuer. Mir wurde ein bisschen schwindelig, das konnte aber an meiner Aufregung liegen.

Ich hatte das Gefühl, ich würde einschlafen. Durch ein sanftes Rütteln wurde ich wieder munter. Die anderen standen vor mir und deuteten auf die offene Tür der Kugel. Vorsichtig schauten wir hinaus.

Was ich zu sehen bekam, nahm mir fast den Atem. Mein Traum war in Erfüllung gegangen. Das antike Rom lag mir zu Füßen.

Schnell verließen wir die Zeitmaschine, die nur für uns sichtbar war, und wagten uns unter die Menschen.

Mein Herz klopfte bis zum Hals. Ein bisschen Bedenken hatte ich schon. Was, wenn die Menschen uns anmerken würden, dass wir nicht aus ihrer Zeit kamen?

Die Archäologen hatten uns vorher einge-trichtert immer beieinander zubleiben und uns einige kleine Aufträge, die nicht allzu schwer zu erledigen waren, gegeben. Unter anderem sollten wir uns um eine günstige Unterkunft kümmern. Als Zahlungsmittel bekamen wir antike römische Münzen aus einem Museum.

Während ich mit halb offenen Mund dem Treiben um mich herum zusah, stolperte ich den anderen hinterher.

Plötzlich hielt mir ein alter Mann die Hände hin. Ich verstand ihn nicht, ahnte aber, dass er bettelte. In seinen Augen sah ich offensichtlich wohlhabend aus. Ich kramte die kleinste Münze aus meiner Rocktasche und gab sie ihm. Sofort fuhr mich Lukas, der 30-jährige Mitreisende an: „Hör auf damit, du weißt doch, dass wir keine große Menge an Geld haben."

Schuldbewusst folgte ich der Gruppe. Wir waren im Kreis gelaufen und hatten noch immer keine Herberge gefunden, als Elena, die sympathische 50-jährige, zu mir sagte: „Du hast doch in Rom gelebt, kennst du dich auch im antiken Rom aus?"

„Na ja!", sagte ich. „Es hat sich einiges verändert, aber wo wir jetzt sind, werden wir wahrscheinlich nichts finden. Denn wir bewegen uns immer nur auf den Marktplätzen und bei den Senatsgebäuden."

„Was weiß die Alte schon", meckerte unfreundlich Lukas.

„Jetzt lass sie doch mal", fuhr Elena ihn an.

Ich tat so, als ob ich seinen bissigen Kommentar nicht gehört hätte und lief in Richtung Tiber. Schon nach wenigen hundert Metern sahen wir eine Unterkunft. Ich fragte sogleich nach einer Herberge. Wir hatten Glück und bekamen zwei Kammern.

Positiv überrascht trotteten wir Frauen in unser Gemach. Obwohl ich den Preis für eine Übernachtung als äußerst gering erachtete, war alles picobello sauber. Das Zimmer sah so ähnlich aus, wie das, welches ich in der *Villa Farnesina* gesehen hatte. Als ich vor vielen Jahren diese wunderschöne Villa auf der anderen Tiberseite besichtigt hatte, war ich begeistert von der Architektur und den Wandmalereien. Verständlicherweise hatte diese Unterkunft nicht so viele überwältigende und bunte Darstellungen an den Wänden. Aber es machte einen ähnlich netten Eindruck auf mich.

Kurze Zeit später trafen wir uns vor der Herberge. Lukas, der sich als Anführer aufspielen wollte, meckerte: „Wo wart ihr denn so lang? Wir haben ein straffes Programm. Wir sind nicht zum Spaß hier."

Da hatte er aber nicht mit Thomas gerechnet. Der sympathische Mann mit dem grau melierten Haar erwiderte prompt: „Wir beabsichtigen doch nicht, zu streiten. Für uns alle ist dies hier etwas Neues und sehr Aufregendes. Wir haben zwar einen Plan, aber die Zentrale hat ausdrücklich empfohlen, dass wir ebenso das römische Leben in der Antike beobachten und verinnerlichen sollen. Dazu gehört genauso, die eindrucksvollen Gebäude anzusehen." Lukas schaute ihn mürrisch an, erwiderte aber nichts. „Wir werden erst einmal zu einem *Thermopolium* laufen und danach folgen wir den Anweisungen gemäß Plan." Mittlerweile war es Zeit für eine *Coena*, das frühe Abendessen in der Antike.

Nach Zustimmung aller folgte mir die Gruppe bereitwillig. Ich schüttelte unmerklich den Kopf und dachte bei mir: „Sie folgen mir, als ob sich in 2000 Jahren nichts in Rom verändert hätte!"

Trotzdem war ich äußerst zufrieden mit der Situation. Da mir die gesamte Gruppe vertrauensselig nachlief, konnte ich entscheiden, welche Wege mir besser gefielen. Beschwingt bummelte ich durch die verwinkelten Gassen. Immer wenn ich ein Gebäude sah, das es heute noch in Rom gab, zumindest in Teilen, hüpfte mein Herz vor Freude.

Ich entdeckte ein *Thermopolium*, das bei den Römern beliebt zu sein schien. Die Gaststätte, die ähnlich wie in einem Schnellimbiss warme Speisen und Getränke verkaufte, bestand aus einem kleinen Raum, in dem ein Herd stand. Zur Straße hin befand sich eine gemauerte Theke, in der Vorratsgefäße sowie Wasser- und Kochtöpfe eingelassen waren, dessen Inhalt durch ein darunter liegendes Feuer warm gehalten wurde.

„Mhmm, das sieht lecker aus", sagte Hanna.

„Typischer Frauenkram", moserte Lukas. Tatsächlich sah ich vorwiegend Hülsenfrüchte wie Bohnen, Linsen, Kichererbsen und Erbsen. Dazu gab es mit heißem Wasser verdünnter Wein. Egal ob es Lukas passte oder nicht, wir aßen im Stehen all die Köstlichkeiten.

Zum Abschluss des ersten Tages machten wir noch einen kleinen Spaziergang auf den *Gianicolo*. Zur Zeit Kaiser Aurelians wurde das Stadtgebiet erweitert und der Hügel *Gianicolo* in das Territorium Roms einbezogen.

Wir hatten geplant, nicht spät zu Bett zu gehen, denn am nächsten Tag mussten wir früh hinaus: Im Forum Romanum auf der Rednertribüne würden die Politiker über die Zukunft des römischen Volkes ihre Reden halten.

Als ich am nächsten Morgen aufwachte, glaubte ich zu träumen. Als ich aus dem Fenster schaute, weinte ich vor lauter Glück. Es war kein Traum, ich befand mich wahrhaftig immer noch in meinem geliebten Rom! Und nicht nur das, ich war in der Zeit, die mich schon seit der Kindheit am meisten interessiert hatte: in der römischen Antike!

Schnell zogen wir Frauen uns an und schauten nach den Männern. Sie waren längst fertig und warteten vor der Herberge auf uns. Lukas verzog schon wieder genervt sein Gesicht.

„War ja sowas von klar. Immer müssen wir auf die Frauen warten. Ich war ja von Anfang an dafür nur mit Männern diese Reise anzutreten!"

Wir quittierten seinen Spruch nur mit einem müden Lächeln und ich beschloss, mir meine blendende Laune nicht verderben zu lassen. Stattdessen genoss ich den Sonnenschein, die Gerüche und das rege Treiben auf den Straßen.

Irgendwann kamen wir dann vor dem Senat an. Viele Menschen hatten sich dort versammelt und hörten den Rednern gespannt zu. Ich war vertieft, denn ich musste mich intensiv konzentrieren, um wenigstens halbwegs etwas zu verstehen. Latein war doch schwieriger, als ich es mir zunächst vorgestellt hatte. Zu meinem Trost erging es den anderen aber genauso.

Was dann passierte, hatte keiner von uns so richtig mitbekommen. Aber Lukas muss von einem Mann mit Absicht angerempelt worden sein. Womöglich wollte dieser ihn bestehlen. Als ihm das allem Anschein nach aber nicht gelungen war, drehte er die Situation um und behauptete glatt, dass Lukas ihn angestoßen und bestohlen hätte. Folglich wurde Lukas von zwei Soldaten festgehalten und abgeführt. Ein wenig schockiert und überrascht folgten wir in einem sicheren Abstand.

Lukas wurde in ein großes Haus geführt, zu dem uns allerdings der Zugang versperrt wurde. In unserer Not fing ich an zu weinen, und erklärte dem Soldaten vor der Tür, dass ich die Uroma des gerade Abgeführten und dass er mein einziger Verwandter sei. Und ich schon so alt sei, fast hundert Jahre.

„Was soll ich nur ohne ihn tun, ich bin verloren", jammerte ich unter Tränen. Der Soldat war so überrascht, dass er mich tatsächlich ins Haus ließ. Lukas sah mich entsetzt und erfreut zu gleich an und ich raunte ihm leise auf Deutsch zu.

„Spiel mit, lass mich reden."

Nochmal erzählte ich unter Tränen die traurige Geschichte, in der die ganze Familie bei einem tragischen Unfall ausgelöscht worden sei und Lukas der einzige lebende Verwandte ist.

„Ich bin eine alte Frau und alleine schaffe ich es nicht mehr. Habt erbarmen mit mir und meinem Urenkel."

Offenbar spielte ich überzeugend genug, denn sie ließen sich auf einen Deal ein. Ich sollte eine Art Kaution hinterlegen, die ich zurückbekäme, wenn Lukas zum Gerichtstermin erscheinen würde. Ich kramte alles, was ich dabei hatte aus meiner Tasche und wollte damit bezahlen.

„Das ist aber zu wenig!", sagte der Soldat.

Darauf legte ich meinen goldenen Armreif hin und hoffte, dass dieser Gegenstand aus der Zukunft nicht die Geschichte verändern würde. Zumindest wurde in den futuristischen Kinofilmen, die von Zeitreisen handelten, immer davor gewarnt. Aber ich sah keine andere Möglichkeit, Lukas frei zu bekommen.

„Nein gute Frau, behalten Sie den Armreif. Aber passen Sie besser auf Ihren Urenkel auf", sagte der Soldat und zeigte ein wenig Gnade.

„Eine Frage noch!", der römische Krieger schaute uns scharf an. „Wieso habt ihr so eine seltsame Aussprache?"

Wir blickten uns erschrocken an. Dann erwiderte ich mit fester Stimme: „Wir haben lange Zeit in Germanien gelebt. Mein Sohn war bei der römischen Legion! Da haben wir uns anscheinend diesen Akzent angewöhnt."

„Ach so, das erklärt alles", sagte der Soldat und ließ uns gehen.

Vor der Tür umarmte mich Lukas: „Ich weiß gar nicht, was ich sagen soll. Ich war so gemein zu Ihnen und ohne Sie würde ich möglicherweise für immer in der Vergangenheit stecken bleiben."

„Schon gut", erwiderte ich. „Jeder macht mal einen Fehler. Ich bin froh, dass mein Plan geklappt hat. Lass uns die anderen suchen."

Der Rest der Gruppe war schnell gefunden. Sie hatten aus sicherer Entfernung dem Treiben zugesehen und stürmten jetzt auf uns zu. Sichtlich erstaunt über die Geschichte, die ihnen Lukas erzählte, umarmten sie mich so fest, dass ich fast keine Luft mehr bekam. Thomas schaute mich mit einem besonderen Blick an und raunte mir leise zu: „Respekt!"

Viele Münzen hatten wir nun leider nicht mehr und so konnten wir uns nur noch eine Kleinigkeit zu Essen kaufen. Lukas drückte mir seine Mahlzeit in die Hand: „Das ist eine kleine Geste für Ihre großartige Hilfe," sagte er und küsste mich auf die Wange.

Trotz des großen Schrecks freuten wir uns dann doch, dass wir bald wieder in unsere Zeit zurückreisen würden. Nicht auszudenken, wenn der Eine oder Andere zurückbleiben müsste.

So aufregend diese Zeitreise doch war, es wurde uns allen klar, dass sie letztlich mit großen Risiken verbunden war.

Gut!

Schon als Kind war ich immer gut: gut in der Schule, gut im Sport, gut im Singen, gut im Musizieren, gut im Töpfern, gut im Malen, gut im Schreiben. Und da lag das Problem! Ich war immer und überall nur gut.

Egal ob in Mathe oder in Englisch - gut! In Biologie oder in Geschichte - gut!

Aber nirgends war ich ausgezeichnet oder mal sehr gut und somit wurde ich nicht sonderlich gefördert.

Meine kleine Schwester, eine vorzügliche Schwimmerin, hatte es bis zu den bayrischen Schwimm-Meisterschaften geschafft. Mein Bruder, ein begnadeter Violinist, hatte ein Stipendium an der Musikhochschule erhalten. Meine beste Freundin hatte ein Auslandsstipendium in Kalifornien ergattert und der Nachbarsjunge, den ich schon immer nicht leiden konnte, hatte für ein halbes Jahr in meiner Lieblingsstadt Rom gelebt. Seine Kenntnisse in Latein waren überragend!

Nicht, dass Sie glauben, dass ich nicht gelobt wurde. Im Gegenteil, ständig hörte ich: „Das hast du gut gemacht!" Das sagte man jedoch auch zum Hund, wenn er brav sein Häufchen am Wegrand abgelegt hat.

Selbst in meinen vielen Jobs, mit denen ich mir in der Jugend mein Taschengeld aufgestockt und später mein spärliches Gehalt verbessert hatte, erging es mir nicht anders.

Ganz egal ob ich auf Kinder aufgepasst, als Telefonistin gejobbt oder bei einer Modenschau Kleider vorgeführt hatte, immer wieder das gleiche: „Das haben Sie gut gemacht."

Demzufolge also kein Wunder, dass ich bei meiner Berufswahl auch kein besonderes Händchen hatte. Den ersten Ausbildungsplatz als Zahntechnikerin schmiss ich schon nach wenigen Monaten. Nicht weil ich nicht gut war, sondern weil ich mich auf Dauer langweilte. Die zweite Lehrstelle in einem Reisebüro war nicht viel besser. Zwar hatte ich endlich Menschen um mich herum, aber letztendlich nervten die mich dann auf Dauer tierisch. Dennoch beendete ich die Lehre. Im Anschluss suchte ich mir eine andere Arbeit. Als ich sie fand, dachte ich: „Endlich mein Traumjob!"

Keine nervigen Menschen mehr, aber auch keine Einsamkeit in einem Zahnlabor.

Ich entdeckte die Leidenschaft für einen Wanderzirkus. Zuerst wollte der Zirkusdirektor mich gar nicht aufnehmen. Sie wären ein Familienbetrieb und ich überqualifiziert usw. Aber dann überzeugte ich ihn, denn wenn ich eines kann, dann ist es Reden und Überzeugen.

Die erste Zeit war ich nur für das Ausmisten der Käfige zuständig. Aber als der Direktor sah, dass die Tiere mich mochten, durfte ich sie sogar füttern und pflegen.

Mit der Zeit freundete ich mich mit den Zirkusleuten an und bis auf einen, hatte ich zu allen eine angenehme Freundschaft entwickelt. Nur dieser eine, der Star des Zirkus, sah womöglich mehr in mir, als ihm lieb war. Rico war unser Hochseiltänzer und Akrobat der Lüfte, ein Ausnahmetalent. Selbst wenn ich ihn nicht sonderlich leiden konnte, bewunderte ich ihn. Es sah so leicht aus, wenn er durch die Arena flog. Dahinter steckte Schwerstarbeit: hartes Training und Durchhaltevermögen.

Irgendwann wurde es mir trotzdem wieder langweilig. Immer nur Käfige auszumisten und Tiere zu füttern war auf Dauer anspruchslos und zu einseitig.

So dachte ich mir Verbesserungen für das Leben im Zirkusalltag aus. Wo konnte man Geld sparen? Wie erreichte man, dass mehr Zuschauer in den Zirkus kamen und vor allem wie bewerkstelligte man es, dass sie mehr Geld ausgaben?

Ich überlegte mir also ein Konzept und stellte es dem Direktor vor. Erst war er skeptisch, aber einige Tage später kam er auf mich zu: „Ich habe mir deine Vorschläge einmal näher angeschaut und ich muss sagen, das eine oder andere könnten wir wahrhaftig mit wenig Mitteln umsetzen."

Ich war sehr erfreut, bekam aber sofort einen Dämpfer.

„Meine Tochter Angelica macht sich gleich an die Werbung ran."

„Na super", dachte ich. „Das war doch meine Idee. Warum darf ich sie jetzt nicht umsetzen?" Schwieg aber.

Wie fast zu erwarten war das Ergebnis, das Angelica vorlegte, eher „mau" und führte nicht zum erhofften Erfolg. Rico sagte daraufhin: „War doch klar! War ja auch 'ne Schnapsidee."

Doch der Zirkusdirektor schüttelte leicht den Kopf und schaute mich an: „Hast du eine bessere Lösung?"

Zaghaft bejahte ich.

„Na dann zeig mal, was du drauf hast."

Ich hängte mich in den Auftrag hinein und arbeitete in meiner gesamten Freizeit bis tief in die Nacht an dem Projekt. Am Ende stellte ich der ganzen Zirkusfamilie mein Ergebnis vor.

Um wesentlich mehr Besucher in den Zirkus zu locken, schlug ich ihnen vor, Kindergeburtstage durchzuführen. Außerdem sollte es während der Veranstaltungen eine Verlosung geben. Die Eintrittskarten dienten hierbei als Losnummer. Zu gewinnen gäbe es Plüschtiere und Bilderbücher über das Zirkusleben.

Zusätzlich könnten die Kinder die Möglichkeit erhalten, gegen ein kleines Entgelt die Tiere zu streicheln und zu füttern. Um es abzurunden hatte ich schon Flyer und Plakate für diese Aktionen entworfen.

Als ich fertig war, war es mucksmäuschen-still in der Arena und ich dachte schon, dass meine Einfälle durchgefallen seien.

Doch nach einer gefühlten Ewigkeit fing der Direktor an zu klatschen: „Großartig!"

Zögernd klatschten auch die anderen, außer Rico, der schaute grimmig in meine Richtung.

„Du fängst gleich mit der Organisation an. Wenn du Hilfe brauchst, dann such dir Unterstützung bei meinen Kindern. Die können sich ruhig mal etwas mehr engagieren. Schließlich ist der Zirkus ihre Zukunft."

Mit diesen Worten blickte er zu seinen drei Söhnen und den zwei Töchtern. Die Jungs verzogen ihre Miene, aber die Mädchen strahlten über das ganze Gesicht. Mit ihnen würde ich einiges schaffen, da war ich mir sicher.

Die Ideen waren innerhalb kürzester Zeit umgesetzt und kamen äußerst gut bei den Zuschauern an. Aber trotz alledem sah ich eines morgens den Direktor mit mürrischem Gesicht in seinen Wohnwagen gehen. Ich beschloss ihn zu fragen, was passiert sei.

„Mmmh. Ich weiß nicht, ob ich dich damit belasten soll", antwortete er.

„Ich fühle mich so wohl bei euch", erwiderte ich. „In meinem ganzen Leben war ich noch nie so glücklich und ich möchte gerne bei euch bleiben."

Er schaute mich an und ein Lächeln huschte über sein großflächiges und freundliches Gesicht. Als er weiter redete, wippte sein hochgezwirbelter Schnauzer auf und ab: „Du hast uns schon sehr geholfen mit deinen ungewöhnlichen Ideen. Aber wir haben so viele Ausgaben und irgendwie reicht das Geld hinten und vorne nicht. Jetzt muss ich zusätzlich auch noch Steuern nachzahlen. Und der nächste Winter steht außerdem vor der Tür! Wenn sich nichts bessert, muss ich die Ponys verkaufen."

„Oje, nicht die Ponys! Die sind doch ein großer Anziehungspunkt, vor allem bei den Kindern!", rief ich erschrocken.

Ich dachte nach. Es musste doch irgendeine Möglichkeit geben, damit der Zirkus finanziell nicht immer am Limit ist. In der darauf folgenden Nacht machte ich kein Auge zu und wälzte mich von links und nach rechts und umgekehrt.

Am nächsten Morgen wachte ich nach kurzem Schlaf auf und hatte eine blendende Idee.

Bevor ich damit zum Direktor ging, wollte ich noch ein wenig recherchieren. So telefonierte ich also mit Jugendorganisationen und Versicherungen und nach einigen Tagen war das Konzept fertig.

Ein bisserl Bammel hatte ich schon, als ich dem Zirkusdirektor meine neue Idee vorstellte. Er hörte gespannt zu, zwirbelte an seinem Schnauzer und sagte: „Das könnte klappen. Einen Versuch ist es wert."

Anschließend beraumte er eine Besprechung mit seiner Familie an, an der auch Rico teilnehmen sollte.

„Um uns allen eine Zukunft auf Dauer zu ermöglichen, hat unsere junge Dame eine wirklich hilfreiche Idee, die sie uns euch heute vortragen möchte."

„Wieder eine Idee - das hatten wir doch schon", maulte Rico.

„Ruhe!", brüllte der Direktor und leiser: „Meine werte Dame, leg los!"

Schüchtern schaute ich in die Runde, die feindseligen Blicke von Rico dämpften meine Euphorie.

„Also … ich habe mir überlegt, dass wir mehr Kinder anlocken müssen, denn sie sind unsere Zukunft. Wenn sie einmal Fans von einem Zirkus geworden sind, dann werden sie es sicherlich für immer bleiben. Mit der üblichen Show, auch wenn wir sie verbessert haben, können wir aber nur einen Teil der hohen Kosten abdecken."

Ich stockte und Rico nutzte prompt die Pause: „Sollen wir noch mehr Kasperletheater machen oder?" Gelächter und Zustimmung einiger anderer.

„Ruhe! Hört euch doch erste einmal die Vorschläge an!", brummte das Familienoberhaupt.

„Wenn man den Kindern Kurse anbietet in denen sie selber mal Clowns, Akrobaten und Pferdedomteure sein können, dann verstehen sie unsere Arbeit besser."

„Was? Soll ich den Gören jetzt beibringen, wie sie durch die Luft fliegen?", meckerte Rico.

„Nein, nein! Natürlich nicht, eher etwas Kindgerechtes. Ich habe mit einigen Jugendorganisationen und Vereinen gesprochen. Sie sind bereit das Konzept in ihren Ferienprogrammen aufzunehmen."

„Und wenn einem Kind etwas passiert? Ist ja nicht immer ungefährlich. Wer kommt dann für den Schaden auf?", fragte Romana, die älteste Tochter.

„Auch das habe ich abgeklärt. Ich habe eine Versicherung gefunden, die für einen geringen jährlichen Versicherungsbeitrag diese Fälle abdecken würde."

Rico maulte erneut: „Totaler Quatsch. Viel Arbeit und wenig Geld und genügend Zeit für unser Training haben wir dann auch nicht mehr."

„Ich bin der Meinung, einen Versuch ist es wert", meldete sich Michael, der älteste Sohn. „Was können wir schon dabei verlieren? Und es stimmt: Die Kinder sind unsere Zukunft!"

Bei der folgenden Abstimmung waren fast alle dafür und es gab bereits freiwillige Helfer. Mit diesen besprach ich in den nächsten Tagen, welche Themen und Aktionen man anbieten könnte. Mit dem Direktor klärte ich die finanziellen Dinge.

In den Herbstferien sollte es beginnen. Fast alle Familienmitglieder beteiligten sich bei der Aktion. Außer Rico, der weigerte sich.

Die Kurse kamen erfreulicherweise hervorragend an und waren komplett ausgebucht. Es wurden zusätzlich Listen für die Osterferien erstellt. Darauf hatten die Kinder die Möglichkeit sich vormerken zu lassen. Sogar die Zeitung schrieb einen riesigen Artikel und war voll des Lobes.

Glücklich über diesen Erfolg, wurde groß gefeiert. Zu vorgerückter Stunde hielt der Direktor eine Rede: „Wertes Fräulein, was soll ich sagen. Ich spreche einfach das aus, was alle hier denken: Das hast du gut gemacht!"

GUT gemacht! Als ich das Wort „gut" hörte, setzte alles aus bei mir. Ich bekam einen roten Kopf, starrte in die Runde und dreht mich auf dem Absatz um. Verdutzte Zirkusleute schauten mir nach, aber keiner hielt mich auf, als ich zu meinem Wohnwagen lief. Ich packte die wenigen Habseligkeiten ein, die ich besaß und verließ den Zirkus und mein altes Leben.

Sizilianische Hochzeit

„Ich will dich ja heiraten, aber ich möchte keine so große ‚Monsterhochzeit' haben, wo man vor lauter Familienmitgliedern, Freunden und Kollegen begrüßen, keine ruhige Minute mehr findet und wo man nur am überlegen ist, `Kommt der aus meiner und seiner Familie?`.“

Susanna schaute Michael mit treuherzigen Augen an. „Ich liebe dich und wir leben jetzt schon so lange zusammen. Ich wünsche mir, dass es unser Tag wird, von dem wir noch den Enkelkindern erzählen werden.“

„Aber was sollen wir denn machen? Ich kann doch auch nichts dafür, dass unsere Verwandtschaft und der Freundeskreis so groß sind!“ Michael seufzte.

„Ja ist es denn nötig, dass wir alle einladen?“, fragte Susanna mit langgezogenem Ton.

„Das weißt du doch ganz genau: Wenn wir einen auslassen, bedeutet das Tränen oder gar Feindschaft.“

„Das klingt ja nach italienischen Verhältnissen und Familienclan!“

„Du hast es erfasst. Da könnten wir gleich in Italien heiraten“, feixte Michael.

Lachend kuschelten sich die beiden aneinander.

„Lass uns morgen nochmal drüber reden. Womöglich kommt uns heute Nacht ja die Erleuchtung", beendete Michael das unproduktive Gespräch.

„Ja, du hast recht."

Susanna und Michael diskutierten schon seit Wochen über dieses Thema. In ihrem Bekanntenkreis hatten mittlerweile fast alle geheiratet. Die ewigen Diskussionen nahmen ihnen langsam die Lust an der Hochzeit. Sie waren seit über zehn Jahren liiert. Welchen Grund gab es überhaupt zu heiraten? Es klappte doch auch so ausgezeichnet.

Aber dann öffneten sich die Grenzen zur DDR und nach Ungarn und die Verwandten von dort drängten nun ebenfalls: „Ihr müsst heiraten. Jetzt können wir sogar mitfeiern." Immer wieder tauchte dieselbe Frage auf: Wie sollten sie das denn alles bewältigen? Von den immensen Kosten ganz zu schweigen.

Susanna und Michael fühlten sich ein wenig in die Enge gedrängt. So heckten die beiden einen Plan aus: Sie wollten in Las Vegas heiraten, ohne Verwandtschaft, Freunden und Verpflichtungen. Letztendlich verwarfen sie diesen Plan dann aber wieder und so verging ein weiteres Jahr.

***

Eines Abends trafen Susanna und Michael sich mit ihren Freunden. Alessandro aus

Sizilien lebte seit vielen Jahren in Deutschland und ist mit einer waschechten Deutschen verheiratet.

„Ihr wolltet doch schon längst mal in meine Heimat Sizilien, oder? Was haltet ihr davon, wenn wir gemeinsam hinfahren? Ich zeige euch ‚la mia Sicilia'!" Alessandro strahlte.

„Wie jetzt …?", fragte Michael.

Alessandro überhörte den Einwand und redete sich in Höchstform: „Und wenn wir schon gemeinsam in Sizilien sind - was wäre, wenn ihr gleich dort heiratet?" Er schaute erwartungsvoll in die Runde. „Un matrimonio siciliano - eine sizilianische Hochzeit!"

„Au ja, das ist eine super Idee", Christina, seine bessere Hälfte, war sofort Feuer und Flamme. Michael und Susanna blickten sich perplex an.

„Ähm, das kommt jetzt überraschend …", erwiderte Susanna.

„Warum eigentlich nicht, alle Probleme auf einmal gelöst!", sprudelte es aus Michael heraus. „Urlaub in Sizilien, das haben wir tatsächlich schon länger geplant. Und weshalb sollten wir nicht das Angenehme mit dem Nützlichen verbinden?"

Susanna knuffte ihm in die Hüfte: „Und was ist was?", rief sie lachend.

***

Die nächsten Wochen wurden überaus stressig, auch wenn sich Alessandro in Italien um alles Wichtige kümmerte, brauchten Susanna und Michael eine in beide Sprachen übersetzte Ehefähigkeitsbescheinigung. Und das Schwierigste dabei war: Niemand durfte etwas mitbekommen. Es sollte ihr Geheimnis bleiben.

„Wir müssen noch Ringe besorgen!" Susannas Nervosität wuchs von Tag zu Tag.

„Ja, die kaufen wir morgen", erwiderte Michael.

Auf dem Weg zum Juwelier begegnete ihnen ausgerechnet Petra, die beste Freundin von Susanna.

„Ach ihr zwei, was macht ihr denn hier in der Stadt? Habt ihr Lust gemeinsam bei Lorenzo etwas zu trinken?"

„Ähm, leider haben wir keine Zeit …", fing Susanna an zu stottern und schaute verlegen zu Boden.

Michael sprang schnell ein und ergänzte: „ … würden wir am liebsten tun, aber wir müssen noch dringend ein Geschenk für meine Tante kaufen. Beim nächsten Mal gerne."

Etwas enttäuscht verabschiedete sich Petra.

„Puh, das ist ja gerade noch einmal gut gegangen. Vielen Dank!", schnaufte Susanna erleichtert.

***

Nach stressigen drei Monaten hatten sie es geschafft: Sechs Erwachsene und ein Kind, Susannas alte Schulfreundin, ihr sizilianischer Mann und die zweijährige Tochter, sowie deren Bruder und ein Freund von ihm fuhren gemeinsam mit Susanna und Michael zweitausendfünfhundert Kilometer im Wohnmobil ohne große, nennenswerte Pause von Norddeutschland bis nach Sizilien.

Voller Vorfreude konnte Susanna schon seit Tagen nicht mehr richtig schlafen. „Sizilien", dachte sie. „Und wenn ich wieder zu Hause bin, bin ich eine verheiratete Frau!"

Verschmitzt lächelte sie, als ihre Eltern sich nichtsahnend von ihr verabschiedeten.

Eine traumhafte, aber auch sehr anstrengende Reise brach an: vom Norden durch die sich verändernde Landschaft Deutschlands, weiter über die Alpen und Dolomiten durch die Poebene. Susanna konnte nicht nur wegen des bevorstehenden Ereignisses kaum schlafen, die wunderschöne Landschaft verzauberte sie. Abwechselnd fuhren die Reisenden das Wohnmobil immer weiter südwärts. Die Autobahnen wurden enger und holpriger, und hinter Neapel gab es nur noch eine unzulänglich ausgebaute Straße. Dafür überzeugten die Menschen mit ihrer herzlichen Art, je mehr sie in

113

den Süden kamen. Die Überfahrt mit der Fähre von *Reggio Calabria* nach *Messina* war ein weiteres Erlebnis: „Wenn mir das jemand vor einem Jahr vorausgesagt hätte, ich hätte schallend gelacht", dachte Susanna bei sich und schaute verträumt übers Meer.

„Alessandro, ich habe gar nicht gewusst, wie schön es hier im Süden ist", gestand Michael seinem Freund.

Der erwiderte: „Vielleicht verstehst du mich jetzt. Wenn ich in Deutschland bin, vermisse ich *Sicilia*." Alessandro schaute auf das sich näher kommende Sizilien. „Wenn ich aber in *Sicilia* bin, fehlt mir Deutschland."

„Mittlerweile verstehe ich dich gut," erwiderte sein Freund. „Die letzten Tage, waren zwar anstrengend, aber unglaublich schön und ich freu mich darauf, deine Heimat kennenzulernen."

Auf den letzten Kilometern hatte keiner der Reisenden mehr so richtig Freude an dem gemeinsamen Unternehmen. Alle waren erschöpft. Doch dann kam endlich Alessandros Dorf *Castelvetrano* in Sicht. Erleichtert über die Ankunft, ließen die Gäste die stürmischen Begrüßungsküsse und -umarmungen über sich ergehen. Erst einmal wollten sie nur noch schlafen und sich erholen von dem anstrengenden Trip bis nach Süditalien.

***

Und dann endlich kam der große Tag: Zu der sizilianischen Hochzeit hatten sich letztendlich Alessandros Schwester und deren Kinder sowie ein alter Freund eingefunden. Der Bürgermeister von *Castelvetrano* und ein Dolmetscher vollzogen in diesem kleinen Kreis die feierliche Zeremonie. Wie in Trance erlebte Susanna die herbeigesehnten Stunden.

Nach der Hochzeitszeremonie fand die Fotosession mit den Trauzeugen in *Selinunte* zwischen den alten noch vorhandenen Tempelanlagen statt.

„Eine wundervolle Erinnerung", schwärmt Susanna noch heute.

Die *Carabinieri*, die wegen der schrecklichen Morde an dem Untersuchungsrichter Giovanni Falcone und seinem Freund, dem Anti-Mafia-Staatsanwalt Paolo Borsellino, überall vertreten waren, sollten eigentlich auf das Wohnmobil der Ausländer vor dem Rathaus aufpassen.

„Sie fanden es aber wohl so kurios, dass zwei Deutsche in Sizilien heiraten, weshalb sie unbedingt dabei sein wollten", erzählte Michael später. Er war ganz begeistert von den *Carabinieri* in ihren schicken Dienstanzügen.

Die Bewohner des Dorfes wiederum amüsierten sich über einen fremden Brauch aus dem fernen Deutschland: Susanna und Michael sägten nach der Trauung zu zweit einen Baumstamm durch.

„Andere Länder, andere Sitten", kommentierte Christina dieses Spektakel und Alessandro übersetzte es den neugierigen Zuschauern und erklärte den Sinn des Brauchtums. Zustimmendes Nicken und Gelächter waren die Reaktionen.

Am frühen Abend kamen die Nachbarn von Alessandro, fünf Familien aus den umliegenden Häusern. Sie brachten ein ganz besonderes Hochzeitsgeschenk vorbei. Als Susanne das gerahmte Bild, mit der Szene eines sizilianischen Fischers, der sein Netz reparierte, sah, war sie darüber sehr gerührt. Alessandro übersetzte die dazugehörigen Erklärungen der durcheinanderredenden Sizilianer: „Der Ladenbesitzer hatte ausgerechnet an dem Tag sein kleines Geschäft früher geschlossen, als sich die fünf Familien entschlossen hatten, bei ihm ein besonderes Geschenk zu kaufen. Kurzerhand wurde er von ihnen aus dem Feierabend zurückgeholt."

Susanna und Michael luden spontan die herzlichen Nachbarn zum Mitfeiern ein. Doch sie wollten nicht stören. Dafür wünschten sich die *vicini*, dies am nächsten Abend, an Ferragosta, der traditionellen Feier zu Maria Himmelfahrt, nachzuholen. Gemeinsam auf der Straße zu tanzen und feiern war ihnen ein großes Bedürfnis.

Die Hochzeitsfeier im kleinen Kreis unter der sizilianischen Sonne könnte in einem Liebesfilm nicht besser dargestellt werden.

Und noch am selben Tag ging ein Telegramm auf Reisen Richtung Deutschland: 'Wir haben geheiratet, liebe Grüße Susanna und Michael'.

Zur Freude der Frischvermählten hatten alle Verwandten und Freunde Verständnis für diese spontane sizilianische Hochzeit.

Gedächtnis verloren

Endlich war ich wieder in meinem Lieblingsland, in meiner Traumstadt. Diesmal für einen ganzen Monat. Ich freute mich schon extrem darauf.

Alles lief so, wie ich es seit geraumer Zeit geplant hatte. Ich würde im Januar in einem kleinen Apartment im Herzen von Rom leben und arbeiten. Ja arbeiten! Ich hatte seit kurzem einen Blog über Rom und den musste ich logischerweise mit aktuellen Daten und Informationen füttern. Was lag da nicht näher, als direkt vor Ort zu leben und zu schreiben.

Mein Mann würde später folgen und die letzten zwei Wochen gemeinsam mit mir in unserer Lieblingsstadt verbringen.

In Rom angekommen, trödelte ich den ersten Tag schlicht und einfach nur herum. Ich lief durch die kleinen Gassen der Altstadt, lauschte dem römischen Dialekt, schaute dem Treiben auf dem Marktplatz zu, genoss die ersten warmen Sonnenstrahlen, trank einen *caffè* in meiner Lieblingsbar und besuchte Geschäfte, die ich schon seit langem kannte. Mit großem „*Salve, come stai* - Hallo, wie geht es dir?“, wurde ich begrüßt und genoss die Herzlichkeit der Römer.

Am nächsten Morgen nach einem Frühstück in der Bar - *cappuccino* mit einem frischen *cornetto* - fing ich mit den ersten Texten für den Blog an. Es lief gut und so gönnte ich mir eine Pause in der nahe gelegenen *Prosciutteria*.

Auf dem Rückweg passierte es dann. Beim Überqueren der Straße wurde ich versehentlich geschubst und fiel unglücklich mit dem Kopf auf eine Steinkante. Von da an erinnerte ich mich an nichts mehr.

Als ich im Krankenhaus erwachte, lag ich mit drei Frauen in einem Zimmer. Eine der Patientinnen bemerkte, dass ich aufgewacht war, und rief eine Krankenschwester. Kurz darauf betrat ein Arzt den Raum.

„Wie geht es Ihnen?", fragte er mich.

„Äh ... ich glaube gut. Warum bin ich hier?", antwortete ich ihm.

„Sie hatten einen Unfall. Sie sind bei einem Sturz mit ihrem Kopf auf einen Stein gefallen und waren zwei Tage bewusstlos. Aber sonst ist alles in Ordnung. Nur ein paar Abschürfungen, nichts Tragisches. Wie heißen Sie?", fuhr der junge Arzt fort.

Ich dachte angestrengt nach, aber ich wusste es einfach nicht. Ich konnte mich nicht erinnern.

„Ich weiß es nicht, aber schauen Sie doch in meiner Handtasche nach. Da ist mein Ausweis drin", erwiderte ich.

„Das ist ja das Problem, sie hatten keine Handtasche bei sich. Vielleicht wurde sie Ihnen gestohlen, als sie am Boden lagen. Aber machen Sie sich keinerlei Sorgen, Ihr Gedächtnis kommt sicherlich in wenigen Tagen zurück. Jetzt ruhen Sie sich erst einmal aus."

Wie sollte ich mich mit diesem Wissen im Hinterkopf ausruhen. Ich dachte nach, aber je mehr ich mich konzentrierte, desto weniger wusste ich, wer ich war. Es hatte definitiv keinen Sinn.

Ich lief ein bisschen auf dem Flur spazieren und versuchte abzuschalten. Als ich zurückkam, sah mich meine Bettnachbarin an. Die junge sympathische Frau fragte mich: „Woher kommen Sie denn? Aus Norditalien? Ihr Akzent erinnert mich an den einer Freundin aus Varese."

Ich überlegte und antwortete: „Ich habe keine Ahnung, kann sein. Ich kann mich nicht erinnern."

„Ich heiße Luisa und Sie nenne ich einfach Aurora, wenn ihnen das recht ist? Aurora bedeutet Anfang, Morgenrot. Das passt doch."

„Aurora, ja das klingt positiv. Wollen wir uns dann nicht duzen? Ist doch praktischer."

„Ja, gerne", lächelte mich Luisa an.

Sie zückte ihr Smartphone und wischte darauf herum.

„Schau mal, das sind Fotos, die mir zufällig meine Freundin Lorella aus Varese gestern geschickt hat. Hast du das schon mal gesehen? Vielleicht kennst du die Orte?"

Und mit diesen Worten reichte sie mir ihr Handy rüber. Ich schaute die Bilder an und vieles kam mir bekannt vor. Aber es konnte ja ebenso sein, dass ich dort mal Urlaub gemacht hatte. Dann blieb mein Blick an einem Foto hängen. Darauf erkannte man alte, teils verfallene Häuser auf einem Berg.

„Das kenne ich! Das ist *Santa Maria del Monte*!", rief ich begeistert.

Luisa strahlte über das ganze Gesicht: „Da haben wir es: Das Dorf heißt tatsächlich so! Du kommst wahrscheinlich aus dem Ort oder zumindest aus der Nähe, denn das ist kein typischer Touristenort. Den kennen nur die Einheimischen." Sie war völlig aus dem Häuschen.

Ich war mir da nicht ganz sicher. Ich war mir ja noch nicht einmal klar darüber, ob ich überhaupt eine Italienerin war. Obwohl ich in italienisch dachte, kamen mir immer wieder Wörter einer anderen Sprache in den Sinn. Noch wusste ich nicht, was für eine Sprache da in meinem Hirn herumspukte. Eines war aber sicher, Englisch war es nicht! Denn als ich vorhin auf der Toilette war, kam ich an dem Kiosk vorbei und da waren außer italienischen Zeitungen auch noch Englische. Und dann hörte ich noch, wie ein Mann eine davon kaufte. Als er weglief sprach er auf Englisch in sein Handy. Zwar verstand ich die

Sprache, aber es war nicht die, die ich im Kopf hatte.

Es hatte keinen Sinn. Ich musste einfach abwarten, bis mein Gedächtnis von alleine zurückkam. Der Arzt sagte ja, es wäre nach einem Sturz auf den Kopf nichts ungewöhnliches.

In der folgenden Nacht hatte ich wilde Träume. Ich sah eine Landschaft mit Schnee und einen geschmackvoll geschmückten Christbaum, dann wieder einen Mann, der in dieser mir bekannten Sprache redete. Am Ende der Straße standen zwei junge Menschen, die mich riefen. Ich wollte hinlaufen, aber ich kam nicht von der Stelle. Schweißgebadet wachte ich auf.

Bei der Morgenvisite fragte mich der Arzt, ob ich mich mittlerweile wieder an einige Dinge erinnern könnte. Leider musste ich verneinen. Er tätschelte meine Hand und sagte: „Das wird schon wieder.“

Da fielen mir die Fotos von der Bettnachbarin ein und ich erzählte es ihm. Gespannt hörte er mir zu und rieb sich sein Kinn. „Ja, das würde ihren Akzent erklären“, murmelte er.

Zögernd erwähnte ich, dass ich außerdem eine andere Sprache im Kopf hätte.

„Mhmm, könnte es Englisch sein?“

„Nein, das habe ich schon ausgeschlossen", erwiderte ich und berichtete von der Situation am Kiosk.

„Ich hab´s! Suchen sie doch einfach mal im Internet und schauen oder hören sich verschiedene Sprachen an: Deutsch, Französisch, Spanisch usw. Vielleicht hilft das ihrer Erinnerung ein wenig auf die Sprünge."

Als er das Krankenzimmer verlassen hatte, blieb ich eine Minute sitzen. Warum hatte ich nicht selber daran gedacht. Ich fragte Luisa, ob sie mir ihr Handy leiht und googelte.

Ich wurde schnell fündig. Es war Deutsch. Und ich spürte - ich war Deutsche. Warum beherrschte ich so gut Italienisch? Keine Ahnung? Möglicherweise lebte ich schon lange hier in Italien? Oder mein Opa war Italiener? Oder mein Mann? Was war überhaupt mit meinem Mann, wenn ich denn verheiratet war? Vermisste er mich nicht? Ich war bereits seit drei Tagen hier, hatte der Arzt gesagt. Und was hatte es mit dem Ort in der Lombardei auf sich? Warum kam mir der Ort so bekannt vor?

Oje, ich hatte so viele Fragen im Kopf, dass ich Kopfschmerzen bekam.

Ich schlief erst einmal ein wenig und als ich aufwachte, saß ein Mann an meinem Bett und hielt mir die Hand. Ich rieb mir die Augen und sah, es war der Mann aus dem Traum!

Er sprach mit mir. Und zwar nicht auf Italienisch, sondern auf Deutsch: „Was machst du denn für Sachen? Ich bin fast verrückt geworden vor Sorge um dich!" Dabei küsste er mir auf den Mund.

„Aha!", dachte ich mir. „Wir sind mehr als nur Freunde!" Dabei betrachtete ich ihn. Er sah gut aus, das war schon mal erfreulich.

„Äh! Entschuldigung, aber ich erinnere mich an nichts", stammelte ich.

„Ja, das hat mir bereits der Arzt gesagt. Ich bin Jörg, dein Mann!"

„Okay und wer bin ich?"

„Meine Frau", er grinste. „Du heißt Irene!"

Er erzählte mir genau, was vor dem Unfall geschehen war und warum ich so fließend Italienisch konnte. Ich hatte als junges Mädchen zwei Jahre in Rom gelebt. Ich würde Italien über alles lieben und hätte deshalb in diesem Land mehr als sechzig Mal Urlaub gemacht. Außerdem hatte er, mein Mann, vor zwei Jahren für ein halbes Jahr in Rom gearbeitet. In dieser Zeit hatte ich drei Monate bei ihm verbracht. Und in *Santa Maria del Monte*, nahe Varese, wären wir ein paar Mal gewesen, weil wir dort viele Freunde hätten. Jetzt wurde mir so einiges klar. Nebelhaft erinnerte ich mich an manches.

„Eines musst du mir noch sagen. Haben wir Kinder?", fragte ich.

„Ja, zwei ganz wunderbare Kinder. Einen Sohn und eine Tochter, beide sind bereits erwachsen."

Zufrieden legte ich mich auf das Kissen zurück. Jetzt konnte ich beruhigt auf die Rückkehr meiner Erinnerungen warten.

„Wann darf ich aus dem Krankenhaus?", fragte ich.

„Der Arzt meinte, dass du heute schon gehen darfst, wenn du zur Nachuntersuchung in ein paar Tagen erscheinst."

„Dann habe ich eine gute Idee: Wir fahren zur *Piazza della Madonna dei Monti* und trinken am Brunnen einen *aperitivo* und danach gehen wir in unser Lieblingslokal und essen *Carpaccio di carciofi*."

Mein Mann lachte schallend: „Ich sehe schon, deine Erinnerungen kommen doch zurück!"

Irrläufer

Als die E-Mail noch einen wichtigen Beitrag im Büroalltag, aber ebenso im privaten Schriftverkehr, innehatte, haben Ariane und Christian sich ausgerechnet durch diese Art der Kommunikation kennengelernt.

Aber von vorne. Ariane bekam von ihrer neuen Bekannten Christina die private E-Mail-Adresse. Und damit nahm das Schicksal seinen Lauf.

Ariane schrieb zwei bis dreimal im Jahr eine Mail an alle Familienmitglieder, Freunde und guten Bekannten. Mit einigen Fotos - in die E-Mail integriert - erzählte sie, was sie in den letzten Monaten so alles erlebt hatte.

Diese Mail ging ebenfalls regelmäßig an Christina. Ariane wunderte sich zwar, dass ihre neue Freundin nie antwortete, tat es aber damit ab, dass die Geschäftsfrau vermutlich zu wenig Zeit habe. Dennoch nahm sie sich vor, sie irgendwann einmal darauf anzusprechen, vergaß es allerdings fortwährend.

Doch eines Tages erschien in ihrem elektronischen E-Mail Postfach eine Mail von einem Fremden.

Sehr geehrte Frau Fuchs,

seit Jahren erhalte ich Mails, die ich zwar äußerst interessant finde, welche ich aber von einer mir nicht bekannten Person bekomme.

Nämlich von Ihnen. Da ich mir sicher bin, dass die Briefe gar nicht an mich adressiert sind, sondern an einen anderen lieben Mitmenschen, schreibe ich Ihnen diese Mail, um Sie über diese Verwechslung aufzuklären.

Mit freundlichen Grüßen

Ihr Christian Stelzer

„Oje, ist das peinlich!", dachte sich Ariane. Was habe ich diesem Unbekannten alles geschickt? Und welche Fotos? Sie wurde rot bei dem Gedanken. Hektisch schaute sie, ob sie die alten Mails noch in dem „Gesendet" Ordner hatte. Natürlich nicht. Aber wie konnte das passieren? Sie dachte angestrengt nach. Christian Stelzer.

„Ja klar! Das ist es: Er hat einen ähnlichen Namen wie meine Freundin Christina Stelzer. Da muss der Fehler liegen", sagte sie laut vor sich hin. Das erklärte alles. Was sollte sie tun? Als peinliche Geschichte ablegen und einfach vergessen? Oder dem falschen Empfänger Christian noch einmal schreiben und sich entschuldigen?

Erst einmal eine Nacht darüber schlafen, entschied sie.

Am nächsten Tag setzte sie sich an den Computer und versuchte, möglichst locker, dem fremden Mann eine Erklärung für die fehlgeleiteten Mails zu schreiben. Aber es stellte sich heraus, dass dies schwieriger war als zunächst gedacht. Sie saß vor dem Bildschirm und rollte ihre langen braunen Haare immer wieder um die Finger. Ihre Lippe hatte sie sich schon aufgebissen vor lauter Nervosität. Insgesamt hatte sie bisher nur die Anrede aufs elektronische „Papier" gebracht.

Eine Stunde und drei Espressi später, hatte sie nur zwei Zeilen geschrieben:

Hallo Unbekannter,

das ist ein blöder Irrtum. Ich wollte meiner Freundin Christina Stelzer schreiben. Sie hatte mir diese Adresse gegeben.

Weiter kam sie nicht. Irgendwie klang das blöd. Ariane war froh, als plötzlich das Telefon klingelte und sie einen großen Auftrag als Italienisch Dolmetscherin bekam. Nun hatte sie erst einmal anderes zu erledigen.

So vergingen die nächsten Wochen und obwohl sie immer mal wieder an diesen Christian dachte, war sie dennoch erleichtert keine Zeit für die Mail zu haben.

Weihnachten stand vor der Tür und sie überlegte, ob sie dieses Ereignis nutzen sollte auch eine Nachricht an den Unbekannten zu schreiben. Tagelang haderte Ariane und entschied sich letztendlich doch dagegen. Was würde er denn über sie denken, wenn er jetzt wieder eine falsch adressierte E-Mail von ihr bekäme?

Kurz nach Silvester, sie war über die Feiertage zu ihrer Freundin in die Berge gefahren, prüfte sie ihr E-Mail Postfach. Während der Urlaubstage öffnete sie es aus Prinzip nicht. Wenigstens im Urlaub wollte sie sich ausruhen, entspannen und nicht an die Arbeit denken.

Wie zu erwarten, war das Postfach übervoll. Schnell klickte sie sich durch die Nachrichten und löschte erst einmal die ganzen Spam-Mails. Aufträge und Anfragen schob sie in den „Wichtig-Ordner", private Briefe in ihren „Spaß-Ordner".

Dann aber hielt sie plötzlich inne. Was war das? Sie traute ihren Augen nicht: Eine Mail von dem Unbekannten! Mit Herzklopfen öffnete sie diese:

Liebe Unbekannte,

heute schreibe ich mal. Irgendwie hatte ich gehofft, dieses Jahr erneut ihre Weihnachtspost mit den vielen abwechslungsreichen Erzählungen und Fotos zu erhalten. Ich war ehrlich gesagt etwas enttäuscht, als ich keine bekam! Ich muss schon sagen, ich vermisse Ihre Mail.

Ich weiß nicht, wie Sie jetzt auf meine Post, die eines Unbekannten, reagieren, aber ich konnte nicht anders. Seit Wochen spuken Sie mir bereits im Kopf herum. Wahrscheinlich denken Sie jetzt: „So ein Spinner!". Ich weiß soviel über Sie, weiß auch, dass Sie eine attraktive junge Frau sind. Gleichwohl wissen Sie rein gar nichts über mich.

Daher mache ich einen Vorschlag: Wenn Sie Interesse haben, schreibe ich Ihnen aus meinem Leben ein paar Zeilen. Sollte es so sein, müssen Sie mir nur kurz antworten.

Ich würde mich sehr darüber freuen. Und damit sie schon mal einen optischen Eindruck von mir bekommen, schicke ich Ihnen gleich ein Foto von mir mit.

Ich verbleibe mit herzlichen Grüßen

Ihr Christian Stelzer

Ariane konnte es gar nicht fassen. Ihre Hände zitterten und sie bemerkte, wie sie lächelte. Sie scrollte nach unten um das Foto von ihm anzuschauen. Was sie da zu sehen bekam, gefiel ihr ausgesprochen gut. Dieser Christian hatte ein sehr sympathisches Lächeln und die hellen Augen passten ausgezeichnet zu den hellbraunen Haaren. Ihr Herz hüpfte und die Schmetterlinge im Bauch zeigten ihr: Sie hatte sich tatsächlich verknallt!

„Oje", dachte sie, „jetzt gehe ich auf die Dreißig zu und benehme mich wie ein kopfloser Teenager!"

Durch den Raum tigernd dachte sie nach. Was wusste sie eigentlich über diesen Mann? Gar nichts! Was, wenn er wirklich ein Spinner war? Aber das konnte sie ja herausfinden, wenn sie ihm antworten würde und er ihr dann zurückschrieb. Aber er könnte lügen? Das kann einem bei einer neuen Bekanntschaft auf einer Feier oder irgendwo anders allerdings ebenfalls passieren. Also gab sie sich einen Ruck und antwortete auf seine Mail:

Lieber Christian!

Dann mal los, überzeugen Sie mich, dass ich keinen Fehler gemacht habe.

Herzliche Grüße Ihre Ariane Schneider

Es vergingen keine zehn Minuten, da erhielt sie eine Antwort:

Liebe Ariane,

ich bin sehr froh, dass Sie mir vertrauen. Also zu mir: Ich bin 29 Jahre alt, bin Bankkaufmann und ungebunden. Ich liebe die Natur und Tiere, vor allem Katzen (Kater Leon sitzt neben mir). Ich wohne in einer Kleinstadt in Bayern. Dort habe ich die richtige Mischung zwischen Trubel und Ruhe für mich gefunden.

Meine Interessen sind so vielseitig, dass ich gar nicht alle aufschreiben kann. Aber ein paar wichtige sind folgende: Reisen, Kultur, ausgehen, Wandern, gut essen. Darum koche ich sehr gerne, wenn es die Zeit zulässt.

So, nun zu meinen Fehlern: Ich bin manchmal etwas ungeduldig mit den lieben Mitmenschen und rege mich schon mal auf, vor allem wenn es um Ungerechtigkeiten geht. Aber genauso schnell kann ich mich auch wieder abregen. Mein Büro zu Hause ist ein wenig chaotisch.

Wenn ich ehrlich bin, würde ich Ihnen den Rest lieber persönlich erzählen. Was halten Sie von einem Treffen in einem netten Café in ihrer Stadt? Wo immer diese auch sein mag ....

Liebe Grüße Christian

Ariane las die Zeilen ein zweites Mal. Das klang alles sehr vielversprechend. Dennoch, sie hatte Angst vor ihrer eigenen Courage. Sollten sie sich nicht doch noch ein bisschen näher kennen lernen, bevor sie sich trafen? Sie wollte ihn aber auch nicht beleidigen oder vor den Kopf stoßen.

Nach reiflicher Überlegung wuchs eine kleine Notlüge in ihrem Kopf heran und sie schrieb ihm zurück:

Lieber Christian,

das klingt alles sehr interessant und ich denke, dass wir auf der gleichen Wellenlänge liegen. Ich empfinde es ebenso, dass wir uns sehen sollten.

Leider bin ich aber beruflich in den nächsten vier Wochen unterwegs. Bis zu unserem Treffen können wir jedoch Mails schreiben. Was halten Sie davon?

Liebe Grüße Ariane

Postwendend erreichte der sichtlich nervösen Ariane seine Antwort und sie dankte Gott, dass sie in einer Zeit lebte, wo Briefe nach wenigen Minuten beantwortet werden konnten.

Liebe Ariane,

einverstanden!

Aber wir sollten uns schon mal duzen - das ist bequemer und persönlicher. Was meinen Sie? Was meinst Du?

Liebe Grüße Christian

Ariane mochte die Art, wie er schrieb. Ein bisschen bereute sie schon, dass sie zu der Notlüge gegriffen hatte. Vier Wochen warten! Ob sie das aushielt? Nun ja, sie hatte es nicht anders gewollt!

Ab diesem Moment schrieben sie sich jeden Tag und erzählten sich Anekdoten aus ihrem Leben, was sie mochten und was nicht. Die Mails wurden immer länger. Und Ariane hatte das Gefühl Christian schon viel länger zu kennen, als es tatsächlich der Fall war. Zwischen ihnen herrschte mittlerweile eine gewisse Vertrautheit und eine Art Seelenverwandtschaft.

Das hätte sie sich vor wenigen Wochen gar nicht vorstellen können. Nach drei Wochen hielt es Ariane nicht mehr aus und schrieb ihm:

Lieber Christian,

ich komme morgen schon vorzeitig zurück. Ich

weiß nicht ob es bei Dir so kurzfristig klappt.
Aber wollen wir uns dann vielleicht schon tref-
fen?

Deine Ariane

Mittlerweile wussten beide, dass sie nur fünfzig Kilometer entfernt auseinander wohnten. Welch ein Glücksfall! Lange musste Ariane nicht auf die Antwort warten.

Liebe Ariane,

ich bin glücklich! Wie sieht es aus? Treffen wir uns in Deiner Stadt. Dort gibt es das kleine Café an der Kirche. Sagen wir morgen um 16 Uhr?

Dein etwas nervöser Christian

Als Ariane Christian dann das erste Mal gegenüber stand, wußte sie sofort, dass sie die richtige Entscheidung getroffen hatte.

***

„Herzlichen Glückwunsch zum 10. Hochzeitstag", flüsterte Christian seiner Frau ins Ohr. Er hatte ihr ein köstliches Frühstück ans Bett gebracht.

„Mmh, lecker!", surrte sie. „Habe ich dir eigentlich schon gesagt, wie sehr ich dich liebe?"

„Heute noch nicht!", Christian musste grinsen. „Aber wie ich dich kenne, wirst du das gleich tun!" Er küsste sie zärtlich.

„Ich liebe dich unendlich!", flüsterte Ariane. „Komm, das Meer wartet auf uns."

Einmal Katze sein

Katze müsste man sein. Zumindest im Hause Hülsermann! Oft habe ich mir das schon gedacht. Und dann passierte es tatsächlich.

Eines Tages, ich spazierte alleine durch unseren nahe gelegenen Wald, ließ mich ein lautes Geräusch zusammenfahren. Ich drehte mich um und da saß doch, so unglaublich das auch klingt, eine kleine Hexe auf einem Holzstapel. Ich rieb mir die Augen, wusste ich doch, dass es keine Hexen gab. Aber diese kleine Frau in ihrem zotteligen Kleid, der verfilzten Mähne und der abstoßenden Warze auf der Nase saß tatsächlich da.

„Was glotzt du so blöd?", fragte sie mich. „Hast du bisher noch keine Hexe gesehen?"

„Äh, nein!", erwiderte ich stotternd.

„Dann wird's aber Zeit."

Ich erwiderte nichts und war sprachlos, darum wurde sie leicht ungeduldig.

„Na los, sage mir: Welches Tier findest du super?"

„Äh, warum?", fragte ich sie.

„Keine Gegenfragen. Antworte einfach: Welches Tier findest du super?"

„Katzen! Ich liebe Katzen!", erwiderte ich zaghaft. Die Hexe sprach etwas Unverständliches vor sich hin. Mir wurde auf einmal so komisch und ich kauerte mich auf den Boden.

Als ich auf meine Hand schaute, erschrak ich. Sie hatte sich enorm verändert. Ich besaß keine Finger mehr, sondern eine Katzenpfote. Mein Blick wanderte weiter. Und soweit ich es sehen konnte, war ich komplett mit Fell bedeckt. Vor lauter Schreck wollte ich zur lachenden Hexe etwas sagen, bekam aber nur ein klägliches „Miau" hinaus.

Schnell packte mich die Hexe und steckte mich in einen Korb. Nach etwa einer halben Stunde holte sie mich heraus und setzte mich vor einer Haustür ab.

Ich war erleichtert, erkannte ich doch die Eingangstür unseres Hauses. Die alte Hexe verschwand darauf hin, allerdings nicht ohne vorher geläutet zu haben.

Mein Mann öffnete die Tür: „Ja wer bist du denn?", fragte er und nahm mich auf den Arm. Ich schnurrte sofort, rieb mein Köpfchen an ihm und merkte, dass es ihm anscheinend gefiel. Er trug mich ins Haus und redete dabei vor sich hin: „Du armes kleines Ding. Wem du wohl gehörst? Na, vielleicht hast du ja 'nen Registrierungschip oder bist in den Ohren tätowiert." Er tastete mich ab, um irgendwelche Hinweise auf meinen Besitzer zu finden. Ich wiederum genoss die „Streicheleinheiten" und schnurrte.

„Du bist ja verschmust!", rief er begeistert und untersuchte mich weiter. „Nein nichts, ich kann nichts entdecken. Ich ruf am besten mal im Tierheim an."

Dort war jedoch keine Katze als vermisst gemeldet worden. Mein Mann beschloss, mich erst einmal zu behalten.

Die Tage vergingen und mein Alltag bestand nur aus schlafen, fressen, schmusen und spielen. Was für ein Leben! So hatte ich es mir immer vorgestellt. Vor allem das viele Dösen gefiel mir ausgesprochen gut.

Aber alles Schöne hat auch einmal ein Ende. Das kam auf vier Pfoten: Der Nachbarskater, ein richtiger Streuner, überraschte mich im Garten. Ich lief auf ihn zu. Naiv wie ich war, bot ich ihm meine Freundschaft an, indem ich mich auf den Boden legte und ihm zeigte „Hey, du bist der Boss!". Das passte dem Raufbold aber anscheinend gar nicht und er schlug mir mit der Pfote ins Gesicht. Erschrocken sprang ich auf und wollte davonlaufen. Zu spät, er packte mich und biss mich mit voller Wucht ins Hinterteil.

Verletzt schleppte ich mich nach Hause. Mein erschrockener Besitzer setzte mich sofort in eine Kiste und fuhr mich zum Tierarzt. Dort wurde die Wunde versorgt und ich bekam zusätzlich eine Antibiotika-Spritze und ein Schmerzmittel. Mit den Worten „Morgen kommen Sie dann bitte zur Kontrolle", wurden wir entlassen.

Mir ging es gar nicht gut. Erstmal tat die Wunde heftig weh und zweitens war ich enttäuscht von dem Kater, der mich ohne Grund gebissen hatte. Aber mein Herrchen strich mir tröstend über den Kopf und gab mir ganz ausgezeichnete Leckerlis zum Trost.

Ein paar Tage später hatte ich schon fast alles vergessen, da die Verletzung gut heilte und ich auch keine Schmerzen mehr hatte. Beim herumtigern im Haus und im Garten, beobachte ich dann mein Herrchen, der gerade in der Garage etwas aufräumte. Und dann sah ich ihn wieder: Plötzlich huschte dieser fiese Kater in die Garage und bevor ich die Gelegenheit hatte abzuhauen oder mein Herrchen etwas unternehmen konnte, biss mir dieser Teufel wieder in den Schwanz.

Mein Besitzer untersuchte meinen sehr buschigen Schwanz, konnte nichts sehen und dachte, dass wir nochmal mit einem blauen Auge davon gekommen sind.

Aber mitnichten: Ich bekam große Schmerzen und verkroch mich in meinem Körbchen. Als mein Herrchen später nach mir suchte, merkte er, dass etwas nicht stimmte. Und obwohl es bereits spät abends war, rief er den Tierarzt an. Der war zwar angesichts der späten Stunde nicht begeistert, aber bestellte uns um 23 Uhr in die Praxis. Vorher hatte er noch einen Hausbesuch zu erledigen.

Als der Tierarzt mich untersucht hatte, sagte er mit besorgten Blick: „Es war richtig, dass sie gekommen sind. Die Bisswunde am Schwanz hat sich entzündet und ohne Antibiotika, hätte ihre Katze die Nacht womöglich gar nicht überlebt."

Als ich das hörte, erschrak ich sehr, war zeitgleich aber auch enorm erleichtert, dass mein Herrchen auf sein Bauchgefühl gehört hatte. Was für ein Glück!

Auf dem Heimweg hörte ich mein Herrchen laut vor sich hinsprechen: „Dieser blöde Kater. Langsam hab ich die Faxen dick! Mein kleiner Kater muss so leiden. Und dann die hohen Tierarztkosten. Na warte! Die Besitzer werde ich gleich morgen darauf ansprechen. Die müssen die Rechnung jetzt mal bezahlen. So kann das nicht weiter gehen."

Dann beugte er sich zu mir und streichelte über den Kopf.

„Und du Armer, hast die Schmerzen!"

Ich schaute ihn kläglich mit meinen großen Augen an. Er streichelt mich, gab mir ein Leckerli und hob mich in mein Körbchen. Ich genoss das aufs Äußerste und schnurrte leise.

„Ach, du bist so tapfer!", flüsterte er mir ins Ohr.

Die nächsten Wochen ging es mir ausgesprochen gut. Die Sonne schien, meine Wunde war verheilt und mein Herrchen und ich machten es uns im Garten gemütlich. Ich bekam mein Lieblingsfutter und zwischendurch immer wieder Leckerlis. Wenn mir langweilig war, meckerte ich ein wenig und sofort spielte mein Herrchen mit mir. Ach, das Leben konnte so herrlich sein.

Doch dann hatte ich die unangenehme Begegnung mit einer Ratte. Ich war Nachts draußen im Garten auf der Jagd, als ich eine Ratte entdeckte und blitzschnell fing. Da ich körperlich auffallend groß bin, dachte ich, so eine kleine Ratte ist doch kein Problem für mich. Ich bin schließlich ein stolzer Main-Coon-Kater! Ich hatte sie fest in meinem Maul, da entwand sich das doofe Vieh und biss mir im Überlebenskampf schmerzhaft in die Pfote. Ich prallte mit lautem Knall gegen die Terrassentür, als mein Herrchen auch schon an den Ort des Kampfes gestürmt kam.

Als er das ganze Blut sah, erschrak er fürchterlich. Das graue Nagetier konnte er im Blickwinkel nur noch davonflitzen sehen. Er rief den Notdienst des Tierarztes an und wir hatten Glück. Obwohl es schon zehn Uhr nachts war, durften wir für diesen Notfall natürlich in die Praxis kommen. Die ausgesprochen nette Tierärztin versorgte mich umgehend und beabsichtigte, mich über Nacht sicherheitshalber in der Praxis zu behalten. Der Trennungsschmerz von meinem Herrchen war schwer zu ertragen, schlimmer als die Schmerzen in der Pfote. Ich konnte gar nicht einschlafen.

Ach, so hatte ich mir das Katzenleben gar nicht vorgestellt.

Irgendwann bin ich dann doch eingeschlafen, als ich plötzlich spürte, wie mich jemand ziemlich grob aufweckte.

„Steh auf, Irene, du hast verschlafen!" Etwas verdutzt, aber glücklich, schaute ich in das Gesicht meines Mannes.

Rollentausch

„Au ja, das ist eine tolle Idee!", riefen zwei Kinder gleichzeitig, als ich meinen Vorschlag unterbreitete. Ich war es ziemlich leid, mit ewig meckernden Teenagern zusammenzuleben und da mein Mann und ich gerade Urlaub und die Kinder Ferien haben, kam mir die Idee mit dem Rollentausch. Eine Woche lang und ohne *wenn und aber*!

Mein Mann war nicht sehr begeistert und zweifelte diesen Weg der Erziehung stark an, aber ich setzte mich durch. Am nächsten Tag sollte es losgehen!

Ich freute mich schon darauf ausschlafen zu können, als ich am darauf folgenden Morgen im Halbschlaf den Wecker unserer 14-jährigen Tochter vernahm. Reflexartig wollte ich aufstehen, aber dann fiel es mir ja wieder ein. Heute nicht, morgen nicht und die nächsten sieben Tage nicht!

Zufrieden drehte ich mich auf die andere Seite und schaute in das grinsende Gesicht meines Mannes.

„Ich glaube, du hattest doch eine gute Idee!", säuselte er und nahm mich in den Arm.

Vom Flur hörte man zwei Jugendliche streiten: „Warum soll ich das Frühstück machen? Du bist doch die Frau."

„Noch nie was von Emanzipation gehört, oder?", kläffte Laura ihren Bruder Luca an.

„Ich weiß ja gar nicht, wo die Küche ist", erwiderte ihr ein Jahr älterer Bruder.

„Du brauchst gar nicht den dummen Spruch von Papa nachäffen."

Der Papa, immer noch im Bett liegend, grunzte zufrieden: „Hat er doch etwas von mir gelernt." Mit Stolz im Blick setzte er sich auf.

„Willst du etwa runter gehen?", fragte ich ihn entsetzt.

„Nö, doch nicht jetzt, wo es lustig wird!" Er klopfte sich die Kissen für den Rücken zurecht und lauschte grinsend dem Dialog im unteren Stockwerk.

„Okay, heute mach ich das Frühstück. Aber morgen bist du dran."

Luca grinste: „Mal sehen!"

„Nichts ‚Mal sehen'. Nachher machen wir eine Liste wer, wann, was tun muss. Ich mach doch nicht alles allein!", keifte seine Schwester.

„Typisch Frau! Nur am Meckern."

Man hörte einen Knall, Laura hatte anscheinend einen Gegenstand nach Luca geworfen. Dann vernahm man ein Kichern und ein Klopfen. Anscheinend hatte gerade eine Kissenschlacht begonnen.

Zufrieden schauten sich Andreas und ich an. Sie scheinen sich ja doch gut zu verstehen. In den letzten Wochen hatten wir leider selten dieses Gefühl.

Als dann ein dumpfer Schlag zu vernehmen war, wollte ich gleich nach unten rennen, um nachzusehen. Aber mein Mann hielt mich zurück.

„Lass die beiden nur machen!"

„Aber wenn sie sich verletzt haben?"

„Wir sind die Kinder - hast du das vergessen? Ohne *wenn und aber*!"

Ich musste mich wohl oder übel geschlagen geben. Unruhig wartete ich ab.

Andreas und ich unterhielten uns intensiv und merkten gar nicht, wie die Zeit verging. Plötzlich standen die beiden Kinder an der Tür und sagten einstimmig: „Frühstück ist fertig!"

Sie hatten sich allerlei Mühe gegeben, auch wenn die weich gekochten Eier hart waren und die aufgebackenen Semmeln etwas dunkel geworden sind.

„Es ist kaum noch was im Kühlschrank", erklärte Laura mit einem vorwurfsvollen Unterton. Ich reagierte nicht.

„Wer geht denn jetzt einkaufen?", fragte sie erneut.

Wieder reagierte keiner.

„Also kann ja nicht sein, dass ich alles alleine machen muss!", beschwerte sie sich.

„Ich kann nicht", erwiderte Luca, „muss ins Fußballtraining."

Laura verzog ihr Gesicht zu einer Grimasse und quetschte ein „Mmh, dann mach ich das halt!" heraus.

Nach dem Frühstück, machten Andreas und ich es uns mit allerlei Lesestoff und dem iPad im Garten gemütlich. Im Schatten unter dem Walnussbaum ließ es sich hervorragend aushalten. Zwischendurch holten wir uns Espresso und kleine Knabbereien, um uns die Zeit zu versüßen.

„Ach das Leben ist schön", flüsterte ich.

Von Andreas kam nur ein zustimmendes Grummeln. Sonst nur Vogelgezwitscher und schimpfende Stimmen aus dem Haus. Aber das störte uns nicht.

„Essen ist fertig!", rief Luca von der Terrassentür aus.

„Na endlich", rief Andreas nach einem Blick auf die Uhr. Mittlerweile war es schon 14 Uhr 30.

„Ja, wenn ich alles allein machen muss …", schimpfte Laura mit einem vernichtenden Seitenblick auf ihren Bruder.

„Hey, ich hab die Betten gemacht und rausgekehrt!", verteidigte er sich.

„Was gibt es denn Gutes?", fragte ich schnell um die Stimmung ein wenig zu normalisieren.

Stolz sagte Laura: „Fischstäbchen mit Kartoffelbrei und Kopfsalat!"

„Bäh!", rief Luca und schmiss die Gabel auf den Teller. „Der Brei ist total versalzen."

Ich probierte und musste mich beherrschen nicht das Gesicht zu verziehen. Tatsächlich hatte Laura sich ein bisschen vergriffen.

„Ja, ist ein bisserl zu viel, aber kann man schon noch essen", behauptete ich.

Andreas benahm sich wirklich wie ein Kind und motzte: „Ich mag sowieso keinen Kartoffelbrei und schon gar keinen aus der Packung. Und dann auch noch versalzen."

Er schob demonstrativ den Teller von sich weg. Entsetzt sah ich ihn an. Da zwinkerte er mir zu. Ach ja, fast hätte ich es vergessen, wir waren ja die Kinder!

„Und ich mag keinen Salat. Igitt! Immer dieses Grünzeug", rief ich.

Entsetzt sah uns Laura an. Sie musste sich beträchtlich zusammenreißen, dass sie nicht zu weinen anfing.

Unerwartet verteidigte sie daraufhin Luca: „Also ihr seid so undankbar. Da stellt sich Laura stundenlang in die Küche und ihr motzt nur. Schluss jetzt! Ihr esst, was auf dem Teller kommt!"

Verdutzt sahen Andreas und ich uns an. So hatten wir niemals mit unseren Kindern geredet, wenn sie etwas nicht essen wollten. Lustlos stocherten wir in der Mahlzeit herum.

Wenigstens die Fischstäbchen schmeckten einigermaßen.

Nach dem misslungenen Mittagessen gingen Andreas und ich spazieren. Als wir zurück waren, fanden wir eine total erschöpfte Laura vor. Luca hatte das Abendbrot hergerichtet und teilte uns mit: „So, nach dem Abendessen geht ihr ins Bett. Laura und ich wollen noch ein wenig fernsehen und unsere Ruhe haben."

„Aber es ist doch erst acht Uhr", rief ich entsetzt.

„Genau, wir wollen jetzt unsere Ruhe. Schließlich haben wir den ganzen Tag gearbeitet, während ihr nur gefaulenzt habt. Außerdem sind wir die Erwachsenen und ihr die Kinder", erwiderte Laura prompt.

„Was redest du denn noch mit den beiden? Wenn wir sagen: 'Es geht ins Bett!', dann geht es ins Bett. Da wird nicht lange herum diskutiert!" Luca ließ keinen Zweifel daran, dass es ihm ernst mit dieser Aussage war.

Widerwillig schlichen wir ins Schlafzimmer. Logischerweise waren wir nicht müde und beschlossen einen Film auf dem iPad zu schauen.

„Was macht ihr da?" Luca kam ins Zimmer. „So nicht!", rief er und nahm uns das Tablet ab.

Verdutzt blieben wir zurück.

„Und jetzt?", fragte mein Mann.

Da öffnete sich die Tür erneut und Laura schaute hinein.

„Lesen dürft ihr noch. Jedoch nur bis neun, dann mach' ich das Licht aus!"

„Na klasse!", rief ich genervt. Aber mein Mann tröstete mich anderweitig.

***

Am nächsten Morgen wurden wir von Lucas Fluchen geweckt. Ich kuschelte mich noch einmal in die Arme meines Mannes. So konnte es von mir aus für immer bleiben.

Aber das Frühstück von Luca war noch mieser als das von Laura. „Na ja", dachte ich bei mir, „man kann ja nicht alles haben!" und knabberte am harten Toastbrot.

„Wir dachten, wir machen heute einen gemeinsamen Ausflug in den Zoo!" Lauras Begeisterung konnte man spüren.

„In den Zoo?", fragte Andreas mit dümmlichen Blick. „Seid ihr dafür nicht schon ein bisserl zu alt?"

„Es geht hier nicht um uns", erklärte Luca mit väterlichem Ton. „Es geht um euch und es ist wichtig, dass Kinder in den Tierpark kommen. Für die Entwicklung." Er schaute in die Runde: „Habe ich gelesen", ergänzte er.

„Und wie sollen wir da hinkommen, fahrt ihr das Auto?", erwiderte Andreas süffisant.

„Natürlich nicht!", setzte Laura dagegen. „Wir nehmen den Bus, die Bahn und die Tram."

Verdattert schauten Andreas und ich uns an. Nun gut, dann ging es heute in den Zoo. Erstaunt über die perfekte Planung des Ausflugs, hatten sie auch die Fahrkarten bereits im Internet gebucht und mit unseren Kreditkarten bezahlt. Laura hatte eine Brotzeit vorbereitet und Luca hatte Getränke besorgt. Beides verstauten sie in den Rucksäcken.

„Ihr dürft euch später ein Eis kaufen, aber wenn ihr Hunger habt, dann essen wir die mitgebrachten Brote." Laura redete mittlerweile wie eine Erwachsene und es machte ihr sichtlich Spaß.

„Und lauft nicht so weit weg. Bleibt immer in der Nähe!", ergänzte Luca. „Und solltet ihr uns aus den Augen verlieren, dann treffen wir uns hier am Eingang."

Ich musste schmunzeln, denn ich hörte Andreas und mich aus dem Mund unserer Kinder reden. Genauso hatten wir es all die Jahre auch gehandhabt. Der Nachmittag verlief ausgesprochen gemütlich und mit vertauschten Rollen sah die Welt ganz anders aus. Sollten fremde Leute die Gespräche unserer Familie verfolgt haben, hätten sie sich sehr gewundert.

„Darf ich anstatt des Eises auch einen Kaffee haben?", fragte ich Laura. Die schaute mich mit gerunzelter Stirn an.

„Du weißt doch, dass ich kein Eis mag", bettelte ich.

„Nun gut", großmütig erlaubte es mir Laura. Ebenso durfte Andreas ausnahmsweise ein Radler trinken. „Aber nur Ausnahmsweise", mahnte Luca grinsend.

Man merkte, dass sich die beiden sehr wohl in der Rolle der Erziehungsberechtigten fühlten. Ich dachte bei mir: „Es wird Zeit, dass wir wieder nach Hause kommen und die Kinder die elterlichen Pflichten erledigen müssen. Dann wird ihnen der Spaß schon vergehen." Notfalls mussten wir mal ein bisschen unbequem werden.

Ich besprach meinen Plan mit Andreas.

***

Am nächsten Tag, als die Kinder uns riefen, lagen wir noch im Bett. Plötzlich standen Laura und Luca im Schlafzimmer und fragten uns, wo wir blieben. Andreas hustete. Erschrocken schauten sich die Kinder an.

„Was ist denn mit dir los?", fragte Luca erschrocken.

„Ich weiß auch nicht, ich fühle mich nicht so wohl", klagte Andreas.

Ich stöhnte ebenfalls: „Ich habe solche Kopf- und Gliederschmerzen!"

Entsetzt starrten uns die beiden an. Man merkte, dass sie mit der Situation überfordert waren. Ich bekam prompt ein schlechtes Gewissen. Aber was sollten wir machen? Wenn diese Woche so gut verläuft wie der gestrige Tag, dann würden sie ihre Lektion nie lernen.

„Sollen wir den Arzt rufen?", fragte Luca.

„Nein, nein", erwiderte Andreas. „Erst einmal nicht. Wir warten erst einmal ab. Aber ich denke, wir müssen im Bett bleiben."

„Kein Problem, dann bringen wir euch das Frühstück ans Bett", erklärte sich Laura gleich bereit und verschwand.

„Luca, bringst du uns bitte die Medikamententasche und machst uns zwei Kirschkernkissen warm!"

„Und mir eine halbe Zwiebel in einem Tuch und bring auch das Fieberthermometer, bitte!", rief Andreas ihm noch hinterher.

Die Kinder hatten immens viel zu tun mit uns. Unsere Wünsche reichten von Lektüre, zu Pfefferminztee, bis hin zu ausgefallenen Essenswünschen. Irgendwie taten mir die beiden leid. Wir hielten sie ordentlich auf Trab und man konnte ihnen ansehen, dass sie immer genervter auf unsere ständig neuen Anforderungen reagierten. Trotz alledem rissen sie sich am Riemen und erfüllten alle Wünsche. Erst recht, wenn sie noch so absurd waren.

Am Abend schliefen die beiden vollkommen erschöpft auf der Wohnzimmercouch ein.

Ich strich ihnen sanft über den Kopf und deckte sie zu. Dann folgte ich Andreas ins Schlafzimmer, wo wir es uns noch lange gut gehen ließen.

***

Der folgende Tag begann mit einem leisen Klopfen an der Tür. Laura spitzte vorsichtig ins Zimmer und war erleichtert, als sie uns sitzend im Bett sah.

„Wie geht es euch heute?", fragte sie mit hoffnungsvoller Stimme.

Ich hatte Mitleid und antwortete: „Schon viel besser."

„Aber wir sind noch nicht gesund", erwiderte Andreas schnell und schaute mich wütend von der Seite an.

„Ich denk womöglich einen Tag im Bett und dann sind wir wieder fit - typisch für eine Sommererkältung", wiegelte ich trotzdem schnell ab.

Laura schaute erleichtert und holte das Tablett mit dem Frühstück herein. Den ganzen Tag verbrachten Andreas und ich noch im Bett.

Zwischendurch hörten wir dann wieder Luca und Laura streiten. Es ging darum, wer das Bad und die Toilette putzen soll und wer die Küche. Als es zu laut wurde, stellten mein Mann und ich einfach die Musik lauter.

***

Tag fünf war angebrochen und wir hörten nichts von unseren Kindern. Leise schlich ich mich ins Zimmer von Laura. Die schlief selig. Also nachgeschaut in der Höhle von Luca. Auch der lag schlafend im Bett. Waren wir zu hart zu den beiden gewesen? Andreas verneinte, als ich ihn fragte. Sie sollten ja in dieser Woche sehen, dass es nicht immer einfach ist erwachsen zu sein und Verantwortung tragen zu müssen.

Zurück im Bett aßen wir heimlich eine Tafel Schokolade.

Gegen Mittag kamen die beiden dann endlich mit dem Frühstück zu uns. Man musste es ihnen schon zugestehen: Es wurde mit jedem Tag besser!

Wir frühstückten gemeinsam im Bett und Laura schlug vor, den verregneten Tag gemeinsam im Bett zu verbringen. Gesagt, getan, spielten wir zuerst UNO, dann schauten wir eine Komödie auf dem iPad. Das war zwar etwas klein für vier Personen, aber es ging ja mehr um den Spaß, als um den Film. Mittendrin gesellte sich auch noch Kater Leon zu uns.

Die Stärkung erfolgte mit einer Schüssel *Spaghetti aglio ed olio*, die diesmal Luca gekocht hatte. Dazu passte das italienische Kartenspiel „*Scopa*", bei dem Andreas jedes Mal gewann. Am Abend lagen wir fünf im Bett und stellten schließlich fest, dass wir schon lange nicht mehr so viel gelacht hatten.

Eigentlich sollten noch zwei Tage mit vertauschten Rollen folgen, aber Andreas und ich fanden, nun wäre es genug.

Am nächsten Morgen standen wir vor den Kindern auf und bereiteten gemeinsam einen Brunch auf der Terrasse vor. Die Sonne hatte uns in der Früh geweckt, so dass wir genügend Zeit hatten, die nötigen Lebensmittel zu besorgen.

Als wir die Kinder weckten und mit dem gedeckten Tisch überraschten, fielen sie uns um den Hals.

„Danke, dass ihr uns erlöst", flüsterte Laura und Luca ergänzte: „Hätte gar nicht gedacht, dass es so anstrengend ist, erwachsen zu sein und vor allem zwei Kinder zu haben!" Dabei grinste er und kratzte sich verlegen den Kopf.

Zelt im Wohnzimmer

Ausgerechnet dieses Jahr wollte der Frühling nicht kommen. Dabei hatte sich Benedikt schon so darauf gefreut endlich das neue Zelt im Garten aufzustellen und ein wenig zu testen. Natürlich gehörte dazu, darin zu übernachten. Denn seine Eltern hatten ihm versprochen im Sommer an den Gardasee zu fahren und dort zu zelten.

Benedikt schaute aus dem Fenster. Bis gestern hatte es nur geregnet, aber heute fielen sogar dicke Schneeflocken vom Himmel. Das wurde wohl nichts mit dem Probezelten. Traurig ging er in sein Zimmer.

Er hatte zu nichts Lust. Das bemerkten auch seine Eltern. Immer wieder versuchten sie, ihn zu irgendetwas zu motivieren.

„Benedikt komm, wir spielen Cluedo. Hast du Lust?", rief seine Mutter.

„Nö, keine Lust!"

„Oder was hältst du von einem Waldspaziergang? Wir ziehen uns warm an und los geht´s", versuchte es der Vater.

„Es schneit mir zu heftig", entgegnete Benedikt.

„Dafür gibt es ja die passende Kleidung", antwortete der Vater und wusste bereits, dass es keinen Zweck hatte.

Benedikt saß traurig und niedergeschlagen herum und schaute immer wieder mal aus dem

Fenster. Währenddessen überlegten sich die Eltern, wie sie ihn aufmuntern können.

„Ich hab´s!", rief der Vater. „Wir stellen einfach das Zelt im Wohnzimmer auf."

„Im Wohnzimmer?", die Stimme der Mutter wurde ganz piepsig. „In unser kleines Wohnzimmer? Wie soll das denn gehen?"

„Wir schieben den Tisch einfach zur Seite und dann geht das schon."

„Und wie kommen wir jetzt in den ersten Stock?", fragte seine Frau.

Die Terrassentür vom kleinen Wohnzimmer lag genau gegenüber der Zimmertür. Und an der Seite des Raums führte eine Treppe direkt ins Obergeschoß. Wenn man das Zelt in diesem Zimmer aufstellen würde, wäre der ganze Wohnraum ausgefüllt.

„Ach das geht schon irgendwie," ihr Mann war absolut euphorisch von der Idee.

Seine Frau hatte gar keine Gelegenheit diesen Vorschlag abzulehnen, denn plötzlich stand Benedikt im Raum. Mit leuchtenden Augen rief er: „Au Ja! Das wird g…" So fröhlich war er schon seit Tagen nicht mehr. Benedikt und sein Vater bauten gemeinsam das Zelt auf.

„Tja", grübelte der Vater. „Das Zelt ist ja doch größer, als ich dachte." Er kratzte sich am Kopf. „Aber auf die eine oder andere Weise wird es schon gehen, jetzt darf ich Benedikt nicht enttäuschen."

Seine Frau suchte derweil die Schlafsäcke, Isomatten, Decken und Kissen zusammen. Dann lief sie in die Küche und richtete einen Picknick-Korb her. Als sie in das Wohnzimmer zurückkam, erschrak sie über die Größe des Zeltes.

„Oje, wie sollen wir denn ab jetzt nach oben kommen?", fragte sie ihren Mann.

„Ich habe den Ausgang im hinteren Teil des Zeltes offengelassen. Dann gehen wir durch die Behausung hindurch und auf der anderen Seite hinaus", erklärte Ihr Mann. „Für ein paar Tage wird das schon klappen."

Seine Frau war nicht begeistert bei dem Gedanken. Aber als sie das strahlende Gesicht ihres Sohnes sah, akzeptierte sie diese Notlösung.

Das Zelt stand, die Decken und Kissen waren darin verteilt. Der Vater hatte einen alten Kassettenrecorder mit Märchenkassetten aus dem Keller geholt. Benedikt schleppte seine Plüschtiere und ein paar Brettspiele heran. Die Mutter kam mit dem prall gefüllten Picknickkorb und alle machten es sich in der neuen Behausung bequem.

Der Nachmittag verging viel zu schnell und die drei hatten reichlich Spaß. Benedikt fielen schon ständig die Augen zu.

„Geh schnell ins Bad und putz dir die Zähne, Benedikt. Und wenn du wieder kommst, lese ich dir noch eine Geschichte vor", murmelte ihm seine Mutter zärtlich ins Ohr.

„Ich bin so müde", jammerte Benedikt. Aber sein Vater schob ihn aus dem Hintereingang hinaus und trug ihn ins Bad. Nach wenigen Minuten kamen die beiden zurück. Während die Mutter vorlas, fielen dem Jungen mehrmals die Augen zu. Die Eltern unterhielten sich anschließend eine Weile leise weiter und kuschelten sich dann in die Schlafsäcke.

Am nächsten Tag frühstückten die drei im Zelt.

„Darf ich nachher meinen Freund anrufen, ob er kommen möchte? Dann könnten wir in der ‚Höhle' spielen", fragte Benedikt seine Eltern. Die beiden sahen sich an und und nickten einstimmig. Benedikt und sein Freund Johannes spielten den ganzen Tag im Zelt. Als die Mutter ihnen mittags Spaghetti brachte und die vier im Schneidersitz die leckeren Nudeln verspeisten, sagte Johannes zu Benedikt:

„Du hast die coolsten Eltern der Welt!"

Isabella Bella &
Rainer Unsinn

Isabella hasste ihren Namen. Sie hatte nie verstanden, warum ihre Eltern ihr so einen Vornamen gegeben hatten. Anscheinend fanden sie das „saukomisch". Isabella Bella! Und außerdem gaben sie ihr keinen zweiten Vornamen. Aber Isabella hat sich schon von klein auf anders nennen lassen, nämlich „Sabe"!

In der Kindheit wurde sie ständig gehänselt. „Da kommt ja die doppelte Schönheit!" und „Isa - Bella - Bella!" waren noch die harmlosesten Verunglimpfungen.

In ihren Augen müsste so eine Namensgebung verboten werden. Sie war ja nicht die Einzige, die unter den Geschmacksverirrungen der Eltern ein Leben lang zu leiden hatte. Ihre Freundin bestätigte ihren Verdacht, dass es noch viele andere gäbe, die ebenfalls unter den merkwürdigen Namenskombinationen litten. Sie erzählte von einer Rosa Schlüpfer, einem Axel Schweiß und einem Johannes Kraut. Die Eltern mussten doch wissen, dass Kinder mit solchen Namen leiden würden. Und witzig ist es keinesfalls. Aber offenkundig störte das bei der Namensgebung wohl nicht: Denn es versuchten etliche, das Standesamt mit ihrem komischen Humor zu überzeugen und die eigenwillige Wahl anzuerkennen.

Etliche Namen wie Borussia, Sputnik, Waldmeister, Bierstübl, Atomfried oder Woodstock fielen beim Amt durch und sind heute verboten. Aber manch merkwürdiger Name oder Kombination, wie zum Beispiel Popo, Matt Eagle, Rapunzel oder Tarzan wurden durch gewunken. Sehr zum Unverständnis von Sabe.

Nur ihre Eltern nannten sie weiterhin Isabella. Ihre Freunde hatten Verständnis und für alle, die sie gernhaben, ist sie halt „Sabe".

Im Laufe der Zeit hatte sie fast vergessen, dass sie Isabella hieß. Nur wenn sie in Ämtern ihren vollen Namen schrieb, ärgerte sie sich erneut.

Eines Tages, sie wollte einen Reisepass beantragen, fragte sie im Einwohnermeldeamt ihrer Stadt ein junger Mann nach ihrem Namen.

„Isabella Bella."

Seine Antwort brachte sie allerdings aus der Fassung.

„Gratulation! Auch Eltern, die einen Clown verschluckt hatten, als sie den Namen ausgewählt haben."

Sabe sah ihn irritiert an, aber er klärte sie umgehend auf: „Meine Eltern meinten, es wäre lustig mich Rainer zu nennen. Ich habe die gesamte Kindheit darunter gelitten. Die Hänseleien höre ich heute noch."

Erst verstand Sabe nicht, aber dann deutete er auf sein Namensschild.

„Rainer Unsinn! So heiße ich!"

Sabe hätte fast laut losgelacht, biss sich auf die Lippen und erwiderte: „Mann, da passen wir ja ausgezeichnet zusammen: Rainer Unsinn und Isabella Bella! Das Traumpaar schlechthin!"

Doch dann prustete sie doch los und zu ihrer Überraschung lachte der sympathische Mann gleichfalls laut mit.

„Ich glaube, wir haben tatsächlich 'ne Menge Redebedarf", sagte Rainer Unsinn. „Ich habe gleich Feierabend. Wollen wir gemeinsam etwas trinken gehen?"

„Warum nicht", erwiderte Sabe, alias Isabella Bella, und lächelte erfreut. „Ich erwarte dich vor dem Eingang, Rainer Unsinn".

Kindermund tut Wahrheit kund

„Hallo und guten Morgen, da bin ich wieder: Eure Sabine Moll! Ich hoffe, ihr hattet ein unvergleichliches Wochenende."

Fröhlich klang es aus dem Radio.

„Mein Kollege ist leider bettlägerig und darum moderiere ich die nächsten zwei Wochen allein. Damit er sich im Krankenhaus aber nicht langweilt, habe ich mir etwas originelles ausgedacht! Ich glaube ja, er will mich kontrollieren, ob es mir gelingt, auch ohne ihn die Hörer am Morgen herzerfrischend zu unterhalten." Ein sympathisches Lachen erklang aus dem Radio.

„Dafür benötige ich aber eure Mithilfe! Nach dem nächsten Lied werde ich euch mehr dazu sagen. Also bleibt dran."

Nach dem Oldie aus den achtziger Jahren fing Sabine Moll an zu erklären, was sie sich ausgedacht hatte: „Seit ich Tante geworden bin, muss ich feststellen, dass Kinder, vor allem die kleinen, so witzige Dinge erzählen oder machen. Ich finde, diese Geschichten sind oft so lustig, dass man sie gerne weiter erzählt."

Die Moderatorin kicherte: „Meine kleine Schwester hat mir folgendes zugetragen: Ihr sechsjähriger Sohn Jonas - aus Bayern - ist bei seiner Oma in Nordrhein-Westfalen zu Besuch gewesen. Als sie eine Straße überqueren wollten, starrte Jonas auf die Fußgängerampel.

‚Oma, das ist ja lustig. Bei euch sind zwei rote Männchen auf der Ampel und ein grünes. Bei uns in Deutschland ist nur ein Rotes drauf!' Er war erstaunt, als alle Anwesenden schallend lachten.

So jetzt zu meiner Idee: Ich würde mich total über solche Anekdoten von den kleinen Knirpsen aus der Familie und dem Freundeskreis freuen. Schickt sie mir per Mail oder ruft einfach an."

Die Resonanz war riesig. Sabine war erstaunt, wie gut ihre Idee bei den Zuhörern ankam. Am selben Tag suchte sie die besten Beiträge heraus.

„Guten Morgen, hier ist wieder eure Sabine! Ich bin total begeistert von euch. So viele von euch haben mir witzige Kindergeschichten zugeschickt. Ich habe für heute schon einmal etliche ausgesucht und verspreche euch, dass ich in den kommenden Tagen und Wochen die anderen vortragen werde. Nach dem nächsten Lied von Adele geht es los."

Wie versprochen, las Sabine die erste E-Mail einer Zuhörerin vor: *„Ich bin alleinerziehende Mutter und vor kurzem mit meinem Sohn umgezogen. Direkt gegenüber wohnt ein Junge im gleichen Alter wie mein Julian und ich freute mich schon, als die beiden sich* angefreundet hatten. Von da an kam der Bub zu uns oder mein Sohn Julian spielte drüben.

Eines Tages unterhielt ich mich mit der Mutter. Sie erzählte mir, dass sie neulich zu Julian gesagt hätte, er solle bitte kurz nach Hause gehen und die Socken tauschen, denn seine hätten Löcher. Mein Sohn antwortete prompt, dass alle seine Söckchen kaputt wären und es sich somit ja nicht lohnen würde hinüber zu gehen um diese zu tauschen.

In einer anderen Situation aß er mit einem gesegneten Appetit, als die Nachbarin ihn dazu fragte, warum er denn so viel esse und ob er Zuhause nichts bekäme? Julian entgegnete spontan: ‚Nö, daheim bekomme ich immer nur Wasser und Brot.' Gott-sei-dank sprach sie mit mir und nicht mit dem Jugendamt. Wer weiß, was die sich bei diesen Aussagen gedacht hätten.''

Sabine vermochte nicht sich das Lachen zu verkneifen, während sie die Mail vorlas.

Im weiteren Verlauf der Sendung nahm die Moderatorin einen Anruf entgegen: „Hallo Sabine, ich heiße Peter und habe ebenfalls eine witzige Geschichte von meiner Nichte. Meine Schwester Michaela hatte vor mit ihrer kleinen zweijährigen Tochter shoppen zu gehen. Sie war sehr aufmerksam und behielt ihr zwei Jahre altes Töchterchen genau im Auge. Trotzdem passierte es: Julia war plötzlich nicht mehr zu sehen. Panisch suchte meine Schwester im ganzen Laden und fragte jede Verkäuferin und jede Kundin nach ihrem kleinen Mädchen. Nichts! Julia blieb verschwunden.

Michaela rannte zu den Umkleidekabinen und war total aufgeregt. Diese waren mit Holzschwingtüren versehen und so schaute meine Schwester nur, ob sie im unteren Teil Kinderfüße sehen konnte. Das war nicht der Fall. Mittlerweile wurde Michaela hysterisch, versuchte, sich selbst zu beruhigen, und schaute ein weiteres Mal zu den Umkleidekabinen. Diesmal jedoch öffnete sie jede Tür und guckte hinein. Und tatsächlich: In einer davon saß Julia auf einem kleinen Hocker, hatte die Beine hochgezogen und hielt lachend die Hand vor ihren Mund. Ihr könnt euch sicher vorstellen, wie erleichtert meine Schwester war, ihre Tochter gefunden zu haben."

„Oje, Peter, das kann ich mir sehr gut vorstellen. Das war sicher ein riesiger Schreck! Gott-sei-Dank ist noch einmal alles gut gegangen. Wie alt ist denn Julia heute?", fragte Sabine den Anrufer.

„Sie ist mittlerweile 21 Jahre alt und bei bester Gesundheit", lachte Peter.

„Vielen Dank für diese abenteuerliche Geschichte. Und jetzt kommt wieder Musik, aus den Neunzigern."

Sabine war überrascht, wie gut ihre Aktion „Kindermund tut Wahrheit kund" bei den Hörern Anklang fand. Nicht nur die zahlreichen Zusendungen der Anekdoten, sondern ebenfalls die positive Resonanz der Zuhörer führte dazu, dass sie fast gar nicht dazu kam alle Kommentare zu lesen.

„Guten Morgen meine lieben Zuhörer! Heute werde ich euch wieder eine witzige Begebenheit vorlesen. Dieses Mal hat mir Sarah eine E-Mail geschrieben. Es ist eine Geschichte aus ihrer Kindheit.

„Hallo ich heiße Sarah und bin mittlerweile fast 50 Jahre alt. Meine Mutter erzählt mir häufig ein lustiges Ereignis aus meiner Kinderzeit. Es war im Winter und wir hatten eine Menge Schnee. Folglich packten unsere Mütter uns dick ein und schickten uns zum Spielen hinaus. Wir waren eine Gruppe von fünf, sechs Kindern und zogen die Schlitten zu einem kleinen Berg in der Nähe. Die Abfahrt mit dem Rodel endete auf einer Privatstraße, die kaum benutzt wurde. Trotzdem kam nach einer Weile die Polizei vorbei und brachte uns nach Hause. Unsere Eltern wurden von einem Polizisten aufgeklärt, dass dieser Schlittenberg, aufgrund der Straße am Ende, einfach zu gefährlich sei. Ich stand derweil etwas abseits der Gruppe. Als die Polizei wieder wegfuhr,

kam meine Mutter zu mir und sah, dass ich weinte.

‚Warum weinst du denn?‘, fragte sie mich.

‚Muss ich jetzt ins Gefängnis?‘, schluchzte ich und die Tränen kullerten nur so hinunter. Meine Mutter klärte mich auf, aber für mich war es damals ein beängstigendes Erlebnis.“

Die arme Sarah. Das muss für sie ja furchtbar gewesen sein“, bemitleidete Sabine das kleine Mädchen aus der gerade eben vorgelesenen Geschichte, konnte sich jedoch kaum ein Schmunzeln verkneifen.

„Wir lachen jetzt darüber. Sarah heute wahrscheinlich auch. Aber damals war es für sie eine unerfreuliche Erfahrung. So wie auch das folgende Ereignis, das uns Christine geschickt hat.

„Meine Tochter und ich fuhren mit dem Auto nach Hause. Elena war etwa neun oder zehn Jahre alt. Es lief im Radio ein kurzer Beitrag, in dem ein neuer Kinofilm vorgestellt wurde. Ausführlich wurde dabei ein Weltuntergangsszenarium besprochen. Ich dachte mir aber nichts dabei. Da es bereits sehr spät war, sagte ich zu Elena, sie solle schon mal ins Haus gehen, während ich nur schnell die Restmülltonne für die morgige Abholung aus der Garage holen würde. Als ich dann aber ins Wohnzimmer kam, traf ich eine vollkommen aufgelöste Tochter an. Sie ließ sich fast nicht beruhigen und nur mit müh` und Not erfuhr ich über ihren großen Kummer. Sie glaubte, die Welt würde morgen untergehen und war zu Tode erschrocken. Ich fragte, wie sie denn auf so einen Unsinn käme.

‚Im Radio haben sie das gerade gesagt‘, antwortete sie mir schluchzend. Ich musste mir fast das Lachen verkneifen.

‚Elena, das war doch nur eine Ankündigung über einen neuen Film‘, erklärte ich ihr. Aber sie ließ sich einfach nicht beruhigen.

‚Elena, wenn morgen die Welt unterginge, meinst du wirklich, ich würde dann noch die Mülltonne rausstellen?‘ Das leuchtete ihr dann doch ein und sie ließ sich besänftigen."

Unglaublich, wie man sich so stark in etwas hineindenken kann. Das gab es aber schon mal Anfang des 20. Jahrhunderts in den USA. Da hatte ein Hörspiel im Radio die Hörer stark verunsichert. Sie hielten einen tatsächlichen Angriff von Außerirdischen für glaubwürdig."

Zum Abschluss der Aktion bedankte sich Sabine bei allen Zuhörern, die ihr die netten Geschichten zugesendet hatten.

Am meisten freute sie sich jedoch, dass sie von ihrem Kollegen gelobt wurde: „Sabine, du hast mich positiv überrascht. Wie du die letzten Wochen, in denen ich erkrankt war, alleine gemeistert hast. Und deine Aktion ‚Kindermund - tut Wahrheit kund!‘ - einfach klasse!"

Wenn Ihnen mein Buch gefallen hat, freue ich mich über eine Rezession bei BOD, Lovelybooks oder sonstigen Büchershops.

Bisher erschienen:

Sehnsucht nach Rom und Heimweh nach Bayern
- Kurzgeschichten -

Die Autorin erzählt von den Erlebnissen in zwei verschiedenen Welten, die gar nicht so verschieden sind. Sehnsüchte, Ängste, Liebe, Lustiges und Trauriges findet man auf beiden Seiten der Grenze.

213 Seiten / 9,99 € / **ISBN: 978-3-741-25624-0**

Reise ihres Lebens
- Roman -

Frühjahr 2034: Eva weiß, dass sie alles vergessen wird. Doch bevor dies geschieht, überredet sie ihre Enkelin Stella zur „Reise ihres Lebens". Eva möchte ihrer Enkelin die wichtigsten Stationen ihres Lebens zeigen. Stella erfährt einiges über politische Unruhen in Italien und Deutschland, Umweltprobleme und Naturkatastrophen in den Jahren von 1980 bis 2034, sowie über die Tabuthemen Homosexualität, Drogen und Scheinmoral. Zu kurz kommen auch nicht die italienische Lebensfreude, die Kultur Italiens und die Gewissheit, dass Freundschaften Jahrzehnte überdauern können.

424 Seiten / 14,95 € / **ISBN: 978-3-743-18931-7**

Glück sieht jeder anders
- Kurzgeschichten -

Egal, ob das Glück in Ranunkeln, einer Reise, in der großen Liebe, einer Freundschaft oder einem Wiedersehen steckt: „Glück sieht jeder anders". Da ist zum Beispiel Elly, die nicht eine Reise in ihrem Leben gemacht hat, aber trotzdem so tut als ob. Oder Edeltraud, die mit zehn Jahren nach Amerika geschickt wurde. Außerdem ist über die Teilnahme an einem Alpencross mit Sportwagen zu lesen und über den ungewöhnlichen Trip von Klara und Valentina nach Griechenland. Beim Klassentreffen kommen große Geheimnisse ans Licht und es stellt sich einmal mehr heraus, wie klein doch die Welt ist.

214 Seiten / 10,95 € / **ISBN: 978-3-752-85518-0**